银色麦田

常星儿 著

作家出版社

图书在版编目（CIP）数据

银色麦田 / 常星儿著. -- 北京：作家出版社，2025.7. --（冰心奖35周年典藏书系 / 翌平，郭艳主编）. -- ISBN 978-7-5212-3401-5

Ⅰ. I247.7

中国国家版本馆 CIP 数据核字第 2025SX2505 号

银色麦田

主　　编：翌平　郭艳
作　　者：常星儿
策　　划：左　昡
统　　筹：郑建华
责任编辑：赵文文
插　　图：阿　力
装帧设计：瑞　泥
出版发行：作家出版社有限公司
社　　址：北京农展馆南里10号　　邮　　编：100125
电话传真：86-10-65067186（发行中心）
　　　　　86-10-65004079（总编室）
E-mail: zuojia@zuojia.net.cn
http://www.zuojiachubanshe.com
印　　刷：三河市紫恒印装有限公司
成品尺寸：145×210
字　　数：157千
印　　张：7.625
版　　次：2025年7月第1版
印　　次：2025年7月第1次印刷
ISBN 978-7-5212-3401-5
定　　价：35.00元

　　常星儿，中国作家协会会员，祖籍山东德州，1959年生于辽宁。1988年开始发表作品。已发表中短篇小说、童话五百余篇，出版著作五十余部。代表性作品有小说集《回望沙原》、长篇小说《走向棕榈树》、长篇童话《吹口琴的小野兔阿洛兹》等。部分作品被译介到国外。作品曾获辽宁优秀儿童文学奖、文化部蒲公英儿童文学奖、冰心儿童文学奖、陈伯吹儿童文学奖、全国"五个一工程"奖、宋庆龄儿童文学奖（金奖）、全国优秀儿童文学奖等五十多种文学奖项。

童真之眼与面向未来的儿童文学

郭艳（鲁迅文学院教研部主任、研究员）

　　高科技 AI 时代带来人类文明更加深刻的嬗变，人作为宇宙居民和星球物种已然发生了更为异质的变化，儿童无疑是这一巨变最为直接的对象。儿童是未来，儿童文学抒写地球人最本真的生命感知和审美体验，是写给未来者的文字。在纷繁芜杂的多媒体虚拟语境中，纸质文本对于儿童智力、情感和心灵的塑形更显出古典的崇高与静穆的优美。冰心奖包括冰心儿童图书奖、冰心儿童文学新作奖、冰心作文奖、冰心儿童艺术奖四部分，获奖儿童文学作家逾千人。冰心奖作为中国以著名作家命名的全国性儿童文学奖项，其架构设计蕴含着深远的文学社会学意义。在冰心先生的关怀下，以及冰心奖创始人雷洁琼、韩素音和葛翠琳的筹划、设计和主持下，经过三十五年、几代人的共同努力，冰心奖已成为中国儿童文学重要的民间奖项，它还是新时期以来众多初登文坛的儿童文学作家在创作初期获得的重要激励，其获奖文本成为文学佳作的写作风向标，获奖作家日渐成为当代儿童文学的中坚力量和引领者。本套合集中，老中青数代作家济济一堂，年龄横跨了近一个世纪的时空场域，印证了该奖项作为"儿童文学作家摇篮"的独特功能。

冰心奖以文学性为核心，关注作品的叙事结构、语言艺术、象征系统构建等文学本体特征，众多获奖作家呈现不同向度的美学追求，体现了新时期以来中国儿童文学原创的丰硕成果。

一、现实关怀与多元成长叙事

面对二十世纪九十年代以来的中国社会，众多作家显示出了对于童年和成长更为多元的认知，写作视域从校园、家庭、都市、乡村延伸至自然、博物、地域、民俗，乃至科学、科技、科普和科幻等，从而延展和拓宽了当代儿童文学现实主义的深度和广度，也极大地推动了文本叙事革新的深化。

其一，乡土审美叙事与诗意美学结合，重塑乡土中国镜像和乡村儿童生命成长。曹文轩作为首位获国际安徒生奖的中国作家，推动中国儿童文学走向世界。他的创作以诗性现实主义与古典悲剧意识为内核，书写水乡泽国的乡土，形成哀而不伤的美学境界。王勇英的写作则以俚俗幽默与野性生命力为底色，乡野喜剧中暗藏成长隐痛，书写大地伦理滋养的童年精神，展现万物有灵的乡土世界。林彦在古典诗意与江南韵律之中编织绵密的童年心事，笔触疏淡却意境幽微。薛涛在山林、江河与民间传说里讲述独特的成长故事，文字间潜藏着温暖与救赎。湘女守望边地乡土，凸显红土高原的山川风物、茶马古道与民族原生态浸润中的童年故事，奇幻而质朴。彭学军以诗意语言与生活化叙事勾连历史记忆与当代童年经验，赋予传统手工艺、地域文化以现代生命。高凯书写童心，通过童真语言、自然意象与现实哲思的融合，呈现出对生命教育与乡土诗性的审美追求。常星儿以辽西沙原为精神原乡，在少年成长叙事中凸显对乡土中国的深情回望。

其二，现代主体性观照下的城市—乡村—世界—少年群像：疼痛中的向光成长。具有现代主体性观照的作家们聚焦都市生活流和乡村日常的童年经验，摹写少年们的精神、情感与心理成长，塑造更具现时代当下性的少年群像。高洪波运用新奇的视角和想象，创造出有趣的形象和情节，体现对儿童自由天性和生命价值的尊重。常新港以冷峻笔法刻画少年在成长阵痛中的蜕变，幽默中蕴含思辨，粗犷而饱含生命热度。翌平以独特的少年视角审视童年往事，倾诉少年成长烦恼与对世界的好奇，想象力充沛，情感真挚深刻。刘东聚焦青春期少年在都市与乡土夹缝中的精神困境，用蒙太奇拼贴记忆碎片，形成破碎感与治愈力并存的独特文本。老臣以雄浑苍劲的北方为底色，塑造质朴、刚毅的少年形象，苦难书写中淬炼悲怆，叩问生命与人性的坚韧。李东华探讨少年在历史洪流中的命运，直面成长创痛，以悲悯情怀熔铸坚韧品格。毛云尔相信每个孩子都有潜能：石头的翅膀深藏在内心，在好奇心、爱与理解的情境中，石头就会开始它自在的飞翔。文本具有生动而真实的细节与陌生化的想象力，显示出对儿童心理的深刻理解。孙卫卫以温润质朴的现实主义笔触聚焦当代校园生态与男孩成长的心灵图谱，渐进式成长浸润着生命的质感，寓教于情。

其三，现代女性视角下的家庭—校园—社会—少女形象：柔韧中的向暖而生。陆梅以江南为底色，构建潮湿而坚韧的童年镜像，摹写少女青瓷裂纹般的生命痛感，书写夏日阳光疗愈青春期的孤独。张洁以温婉的女性视角捕捉童年情感的细微震颤，在淡淡的疏离中重建童年与他者的联结。赵菱擅长在当代童年经验中植入神话原型与传统文化基因，在幻想叙事中体现现实关切，心灵镜像通透而明亮。谢倩霓聚焦现代家庭变迁与青春期少女的精神成长，脆弱与倔强交织、伤痛与治愈共存。辫子姐姐郁雨君以童心为底色，凸显儿童成长、互动创新的情感疗愈文学场域。周蜜蜜坚持多样化文体创作，以岭南文化为核心，文本兼具地域性、时代性与人文关怀，在传统与现代、科技与文学之间构建了独特的平衡。

其四，高科技时代的共情：科幻与现实相互交织，科技与伦理彼此关切。随着高科技时代的来临，儿童科幻越发成为解读现实不可或缺的文本。作家们将中国神话、历史、民俗与科幻结合，在时空旅行、生态灾难、末日危机等题材中普及科学知识，探讨批判性思维与伦理问题。本合集中，冰波的作品具有独特的构思和创新性，善于使用对比手法，在新鲜有趣的故事中传授知识、交流情感，文字温暖而治愈。

二、幻想美学的本土化重构

近三十年中国幻想文学致力于跨文化审美范式建构，在童话文本中注入东方哲学意蕴，构建中国童话的本土范式。童话作家们将文本叙事与幻想美学融合，探讨个体生命、自然万物，以及历史记忆之间的本质与诗性。众多创作传承本土文化基因密码，融入现代性思考，推动了中国原创童话的创新与发展。本套合集中，张秋生的《小巴掌童话》文体灵动自由，叙事充满诗意哲思，价值启蒙自然天成，以"小而美"的独特风格成为中国儿童文学经典。周锐的童话擅于将奇幻想象照进现实，在荒诞变形中表现当代儿童的生活镜像，延续民间叙事智慧，又注入现代批判意识，历史与童话结合，风格诙谐。汤素兰的童话将中国神话意象与西方幻想文学结合，在儿童视角中展开双重成长，使地域文化记忆获得当代审美价值，轻松、温暖而幽默，具有独特的美学意味。车培晶的文本通过纯真人性的浸润、苦难的观照与诗性语言的呈现，构建了童趣与美善的世界。吕丽娜在梦想、快乐、爱心主题中激发儿童的想象力和创造力，引导儿童向上成长。这些童话文本在更多本土化探索的同时，又关注当下社会性问题，以童话介入现实，并以绘本、微童话等形式延伸文体边界，实现现实关怀与跨界融合。当下的童话写作既延续了叶圣陶、张天翼的现实主义传统，又融入了现代人文情怀，在诗化童话的审美追求中，提升中国童话的哲学意蕴和童年精神表达。

值得一提的是班马的儿童文学创作，他以先锋姿态重构中国童年精神场域，从文化人类学视角构建奇幻文本，在虚实交织的地理疆域和古今时空穿梭中，提升儿童与自然的神秘交感，揭示被现代性遮蔽的原始生命感知，抵达对中华文化的现代性阐释。在语言实验层面，班马融合民族文化与后现代拼贴技法，在叙事迷宫中拓展儿童文学边界，激发儿童潜能（创造能力、感应能力、探索能力和审美能力等），从而参与对未来世界的影响和构建。他的写作融文化寻根、哲学思辨与游戏精神于一体，开创中国儿童文学文化智性书写范式。

三、爱的哲学与美善化育

当代儿童散文延续冰心先生提倡的"爱的哲学"，坚守儿童本位的语言与叙事表达，力求审美性与功能性平衡。同时文类和题材边界日益拓展，作家们关注人类学视野的边地童年、地域风物，以及方志化叙述中的城乡记忆等，表现出儿童散文创作更多维度的探索与追求。本套合集中，徐鲁的创作融合自然、历史与人文，兼具文学性、审美性和现代认知，充满诗意化的抒情气质，又蕴含对真善美的坚守，展现了中国儿童散文的思想深度与美学品格。韦伶将自然美学、情感哲学、教育娱乐，以及独特的女性视角和理论实践相结合，文本富有教育意义又兼具娱乐性。阮梅的散文语言优美，主题深刻，透露出慈祥的母爱与关怀，提供丰富的阅读体验和人生指导。张怀存的写作诗、书、画相交融，秉持童心与真诚，散文体现出情感与哲思、中西文化交融的特质，展现了文化碰撞与互鉴的魅力。毛芦芦注重生命与自然的思考，通过拟人化叙事赋予自然生命体验，情感真挚，富有审美教育功能。王琦的写作融入对地域文化和日常生活的回忆，在和读者共情中回溯童年的美好和难忘。

当下儿童散文创作在美善化育中，更注重对儿童本位和童年经验的反思，在时代嬗变中表达对儿童真实境遇的深切观照。同时在多文体、叙事多元结构、视角交融等维度进行更多的文本创新和实践，从而更为及时而深入地反映儿童的内心，表达儿童对于自我、他者和世界更为本真的体验和感悟。

四、文学史视野与价值重估

在 2025 年的时空节点，冰心奖评委会在冰心奖设立三十五周年之际，特推出由三十五位儿童文学名家名作组成的冰心奖获奖作家典藏书系，邀请儿童文学评论家徐妍、徐鲁、崔昕平、李红叶、冯臻、谈凤霞、涂明求、聂梦，参与本系列合集的审评，并为作品撰写推荐语。回溯历经三十五年的冰心奖是对纸媒辉煌时代的回眸与凝视。从文学史维度看，冰心奖三十五年历程恰与中国儿童文学现代性进程同频共振。她以"爱与美"为精神内核，恪守冰心先生"以童真之眼观照世界"的理念，以扎实的文本实践推动了中国儿童文学原创，培育了具有现时代文化精神和儿童主体性的文学新人群体，助推了中国儿童文学创作多元美学范式的转换。表现为：美学传统的接续与转化，深化童年本位的审美转向，重构现代儿童主体性；深度激活本土文化资源，推进传统文化符号的现代性转化，地域美学多层面呈现；深化儿童本位视角的现实主义，成长叙事多元共生，增强现实关怀与人文深度；幻想文本的本土化创新及东方诗化童话的美学追求；生态意识和绿色美学观照下的大自然文学、生命共同体的童真童趣表达等。在传统根脉和现代性诉求的双向张力作用下，中国儿童文学在时间、空间和价值维度上都发生了深层的变革和创新。

总而言之，新时期以来中国儿童文学所描述和呈现的童年经验、文化记忆和幻想世界等，都是和中国现代化进程深度融合的，是中国现代化语境中童年镜像的多元呈现和多声部表达，体现了中国现代性审美的诸多特征。冰心奖通过制度创新、精神传承与国际拓展，不仅推动了中国儿童文学原创的繁荣，更以美善化育重塑了儿童文学的价值内核，成为新时期以来儿童文学发展的重要引擎，也必定继续对未来的中国儿童文学产生更为持续而深远的影响。

2025 年 4 月 30 日

目录

"五花地"里的小叔 ………………………………… 1

干爹云水伯 …………………………………………… 14

忽浪爷 ………………………………………………… 27

暖春 …………………………………………………… 41

夜牧 …………………………………………………… 51

摔跤小山 ……………………………………………… 61

孤鹤 …………………………………………………… 70

一片欧李在燃烧 ……………………………………… 92

青杨树上的红纱巾 ……………………………… 103

等待琴声 ………………………………………… 120

一只小鸟的起飞 ………………………………… 131

金色的屋脊 ……………………………………… 140

让我变成一只小鸟吧 …………………………… 149

笛声送我回家 …………………………………… 164

沙原篝火 ………………………………………… 177

银色麦田 ………………………………………… 184

"五花地"里的小叔

1

坐在坨子顶上看伸向外面的小路，看酸了眼睛，然后，九九小叔叨念着一串人名跑进坨子。

九九小叔所叨念的那些人，都是他童年伙伴。他们有的在外地打工，有的在外地做生意，而有的考学后留在外地工作。

乱跑一阵，九九小叔最终的落脚点往往是"五花地"，或是那片枫林。

"五花地"与小镇比邻。早年的"五花地"非常有名。它不属哪个家庭，而是由几户不同姓氏的人家合种。怎样对待那片地，那几户人家有铁打不动的规定。一年种花生，然后种糜子，接下来种向日葵，再种荞麦，最后种西瓜，五年一个轮回，像依次走来的春夏秋冬一样，从不乱套。因此，人们就叫那片地为"五花地"。那几户人家在"五花地"搭建了一座小土屋，供看护收成时使用。人是不用防范的，任何人享用"五花地"里的瓜栗，那几户人家都欣然应允；而花生、糜子、荞麦和西瓜是田鼠、野鸡、老獾和野兔的最爱，象征性地驱赶它们的造访才是那几户人家的重要工作。前些年，那几户人家先后去城里谋生，就把"五花地"完全交给了蒿草，完全交给了田鼠、野鸡、老獾和野兔；也把那座小土屋完全交给了田鼠它们。

那片枫林呢，则在坨子深处。它是九九小叔几年的心血；十几亩大小，三百六十五棵枫树刚刚高过人头。

在坨子里跑过两个月之后，九九小叔就住进了"五花地"里的那座小土屋。

2

"我在哪里迎候他好呢？"九九小叔说出一个童年伙伴的名字，然后这样问我。

问过我之后，九九小叔便看着远处，目光是那样热切那样温暖。

最近几年，很少看到童年伙伴，九九小叔就常常去他们家，问他们有没有电话、往家里邮不邮钱或邮不邮东西。开始，伙伴家人说有电话，也往家里邮钱邮东西。可九九小叔总是去问，伙伴家人就说没电话，也不给家邮钱邮东西了。

在伙伴们没有离开小镇的时候，九九小叔和他们常常走在一起。其中，他们从外面走回小镇和从小镇走向外面的情景给人们的印象最深。他们从外面走回的时候是傍晚，走向小镇外面的时候是早晨。时间不同，可情景却是惊人地相似。那时的蒿草、树木、坨子、坨子上的牛羊和坨子间的小路……都模糊得成了一片虚影；而走在太阳挥洒的红粉里的九九小叔和他童年伙伴让人们只能看出大致轮廓。

从去年开始，九九小叔的脑袋有时是一团糨糊。

而在他清醒明白的时候，九九小叔又是我印象中那个文静精明的小叔了。

我没看到种着五样庄稼的"五花地"是什么样子，而九九小叔和他的童年伙伴是见过的。

在九九小叔清醒明白的时候，他会给我描述当年"五花地"的景象。他说那时"五花地"里的向日葵是如何金黄灿烂，荞麦开花是如何雪白如何香气弥漫，糜子在风中如何起伏成一道道绿色或者一道道黄色的波浪；他说田鼠、野鸡、老獾和野兔在夜里怎样偷吃"五花地"里的花生、西瓜和糜子……说那些事情的时候，九九小叔总是笑着。而当说到童年伙伴和他怎样在"五花地"里玩耍、怎样在"五花地"小土屋里学习的时候，九九小叔的眼里则蓄满泪水。

九九小叔喜欢野花、蒿草和树木。他能说出坨子里所有野花、蒿草和树木的名字。像说童年伙伴们的名字时一样，说那些野花、蒿草和树木名字的时候，九九小叔总是呵呵地笑，脸上挂着无限的幸福和甜蜜。

喜欢野花、蒿草和树木，九九小叔也喜欢鸟。

有些时候，对着树上或者天空上的一只小鸟，九九小叔一看就会看上半天。

春天和秋天，当大雁北归或者南飞的时候，九九小叔常常坐在坨子顶上看它们从天边飞来又目送它们远去天边。有时，九九小叔会跟着大雁的影子奔跑呼喊。

"风沙大，又缺少雨水，你知道坨子里为什么会有这么多样的野花、蒿草和树木吗？"有一天，九九小叔这样问我。

我说不知道。

"你呀，真是个孩子！"九九小叔不无遗憾地看我一眼，然后神秘地指了指天空。

我做了几次猜想，九九小叔都是摇头。

"那么，野花、蒿草和树木与天空有什么关系呢？"我实在想象不出结果。

九九小叔没有回答我，而是把目光落在盘旋在我们头顶的一只沙百灵身上。

"是它，"九九小叔感叹道，"是它的同宗朋友让我们坨子里芸芸众生啊！"

我不明白九九小叔在说什么。

"你看过天空上飞过的大雁吧？"九九小叔问我。

我说那不是年年看吗？

"可是，你知道吗？"九九小叔终于给我揭开谜底，"春天，大雁带来海南甚至更南边更南边植物的种子；秋天，大雁又把黑龙江甚至更北边更北边的果实捎来。当然，给我们带来那些种子和果实的远不止大雁，野鸭、燕子、鹳鸟……都是那支运输大队里的成员啊！"

然后，九九小叔就细致地告诉我什么鸟带来什么植物的种子和果实，那些鸟用怎样的方式带来植物的种子和果实，那些鸟为什么要带来那些植物的种子和果实……听着九九小叔的讲述，我想，那些来自海南甚至更南边更南边和那些来自黑龙江甚至更北边更北边的种子和果实真是幸运。它们能漂洋过海、一路艰辛地来到我们这里落地生根，真要感谢那些长着翅膀的朋友。

"他就是一只大雁啊！"说出他一个童年伙伴的名字，九九小叔把目光举到沙梁上，"他们都是大雁……"

九九小叔又说出一串童年伙伴的名字。

九九小叔把他童年伙伴说成大雁，而不说成野鸭什么的，大概是他以为大雁比其他候鸟更有品行。

3

"他就要回来了吗？"

有一天，在"五花地"里，说出他一个童年伙伴的名字，九九小叔又这样问我。

"就要回来了。"我急忙回答。

"也许正在路上。"九九小叔的眼里闪烁着喜悦的光芒，"只是不知道他什么时候才能赶回来。"

说着，九九小叔眼里的喜悦光芒渐渐暗淡下去，最后像火星一样彻底熄灭了。

"很快就能回来！"我说，"用不着花生开花，也用不着糜子和向日葵垂下头来，因为他知道你在等他！"

"你真是好孩子！"九九小叔蹲下身忽地抱住我。

九九小叔的脸紧紧贴在我的肩上，我的肩立刻热乎乎地湿了一片。

过了好半天，九九小叔放开我，十分惊慌地对我说："我该上课去了！哎呀，有一节课让我落下了！他们还在教室里等我。"

说完，九九小叔慌慌张张地跑出"五花地"，向坨子深处跑去。

4

很长一段时间，我没有看见九九小叔。听人们说，是家人带他去外地治病了。有一天，九九小叔忽然站在我面前，对我说："我不能离开啊，我得留在沙原上！他们回来，要是没有我接站，他们该多么难过啊！"

以后，总有一段时间看不到九九小叔，可不久他又会忽然站在我跟前。

"我不能离开啊，我得留在沙原上！他们回来，要是没有我接站，他们该多么难过啊！"九九小叔又一遍重复这些话。

说这些话的时候，九九小叔那热切温暖的目光在坨子上抚摸半天，最后落在一朵云彩或者一只小鸟的身上。

5

每次走进枫林，九九小叔都会仰面待上一阵，然后一棵一棵逐一抚摸它们的枝干，一片一片逐一看它们的叶子，直到夜色降临。

九九小叔希望很多很多小鸟都住进枫林，甚至，他已经为那些小鸟安排好了邻居和居住方位。喜鹊和山雀把家安在树顶，鹌鹑、野鸡、沙百灵……住在树下。这样，既充分利用了空间，也让生活习性各不相同的鸟走到一起。更为重要的是，春天和秋天，喜鹊它们也好集中起来共同迎送从头顶飞过的大雁以及所有南来北往的朋友。

"这片枫林是喜鹊它们的，"九九小叔抚摸着枫树，"更是他们的。"

九九小叔所说的"他们"，当然是他的童年伙伴。

"怎么是喜鹊和他们的呢？"我问九九小叔，"这片枫林不是你用几个春天栽的吗？"

"树是我栽的，可连我都是喜鹊和他们的，"九九小叔反问，"你说这片枫林是谁的？"

九九小叔告诉我，栽一片树，是伙伴们和他的童年约定。

九九小叔不喜欢别人走进"他们"的枫林。

很长时间没看见九九小叔，我去枫林找他。

"谁让你来的？"看见我，九九小叔很生气，"你来这里做啥？"

"如雪小姑……"我灵机一动，"是如雪小姑让我来看你。"

如雪小姑是九九小叔的童年伙伴。

九九小叔"哦"了一声，乐了。

"我在跟大雁说话呢。"乐过之后，九九小叔告诉我他在做什么。

天空只有几朵云彩，别说大雁，连一根羽毛的影子都没有。

"你当然看不见了。"九九小叔似乎猜出了我的疑虑，"因为跟我说话的大雁已经飞走了。"

说完这些话，九九小叔不再理我，而是看着远处，似乎在等待或者倾听什么声音。

"如雪小姑回来了！"这样过了一会儿，九九小叔说，"听，她的脚步声！"

四周静悄悄的，没有一点儿声音。

"如雪小姑真的回来了！她是想看看这片枫林！她还惦记着'五花地'！我得去接她来这片枫林，再回'五花地'做游戏、写作业！"说完，九九小叔急匆匆地走开了。

6

九九小叔也有让我不高兴的时候。

"作业写好了吗?"说完某个童年伙伴什么时候回来之后,九九小叔往往会马上问我这个问题。

"写好了。"我说。

"写好了?"九九小叔伸手要我的作业本,"拿来让我看看。"

"在家里。"我说。

"下次一定要拿给我看啊!"九九小叔不再较真,而是对我采取宽容的态度。

然后,九九小叔就给我讲怎样才能算好数学题,怎样才能写好作文或者怎样才能写好字。

"写字必须横平竖直。"九九小叔的这节课是给我讲怎样写好字。

九九小叔以"人"字为范例写给我看。

"人"字没有横又没有竖,怎么在它身上说"横平竖直"呢?我想。

九九小叔找来一根木棍,蹲下身,摊平一块书本大小的沙地。

"一撇一捺都要有力,这样的'人'才能站得稳。"九九小叔拿木棍在被他摊平的那块书本大小的沙地上用心地写着。

我又不是刚刚上学,这还算学问吗?我在心里说。

"明白了吗?"拿着那根木棍,九九小叔问我。

我用力点头,目的是让九九小叔别在"人"怎样才能站得稳的事情上没完没了。

然而,在不问我"写没写好作业"和不教我怎样才能让

"人"站稳的时候，九九小叔又是那么让我喜欢。所以，就是他离开小镇、离开"五花地"或者离开那片枫林而在坨子里乱跑，我也去看他。

而九九小叔行踪不定，让我不是很容易就能找到他。

走进坨子，在寻找九九小叔的时候，我会常常看到坨间小路上走向外面的一两个或一群人。

"远方，作业写好了吗？"看着那离开坨子的人们，九九小叔总是这样问我。

"写好了！"我急忙回答。

"字写得横平竖直吗？"九九小叔又问我。

"横平竖直。"我回答。

"'人'字站得稳吗？"九九小叔定定地看着我。

"站得稳。"我回答。

远处，又一次传来外出远行人的脚步声。

我不知道九九小叔为什么在这个时候问我"写没写好作业""把字写得是否横平竖直"和"人"字写得是不是站得稳当，更不知道那些外出远行的人与我"写没写好作业""把字写得是否横平竖直"和写的"人"字站得稳不稳有什么关系，我只想尽快回答让九九小叔高兴。

"这就好，这就好……"看着远处，九九小叔不住地重复"这就好"。

7

夏天渐渐走远，九九小叔"他们"的那片枫林正在积蓄力量准备举起一团团火红的叶子。

走进枫林，九九小叔看过树顶的喜鹊窝和山雀窝，看过鹌鹑、野鸡、沙百灵……在地上留下的脚印，然后仰望天空，希望有大雁从头顶飞过。

而大雁还在遥远的北边没有走上返回的旅途。

枫林里静悄悄的。

风在这里似乎已不再流动，就连喜鹊、鹌鹑、沙百灵……进出枫林也是屏息慢飞，生怕弄出一点儿声音。

"他该回来了，他也该回来了……"

九九小叔接连说出一串童年伙伴的名字。

看着远处，九九小叔的目光更加热切，更加温暖了。

坐在静静的枫林里，九九小叔在等待枫树举起火红的叶子，等待南飞的大雁，等待童年伙伴走来的脚步声。

8

在听到人们呼喊九九小叔"走了"的喊声时，我正在想象怎样走进九九小叔"他们"的枫林。

这时，跑向"五花地"的人们都在喊九九小叔"走了"。

九九小叔怎么会"走了"呢？昨天他还问我写没写好作业，

还让我把作业拿给他看，还问我他童年伙伴啥时才能回来……昨天他还满坨子寻找野菊花、红柳和白茅草呢。

"好看吗？"就在昨天，捧着一束野菊花，九九小叔忽然站在我的对面，脸上满是幸福和喜悦，"她最喜欢野菊花了。"

然后，九九小叔说出一个童年伙伴的名字。

"可惜，她还没有回来。"说着，九九小叔的脸色忽然暗淡下来。

"她很快就会回来的！"我安慰九九小叔。

"是啊，你说得对！她很快就会回来！"幸福和喜悦再次铺在九九小叔的脸上，"哎呀，说不定她已经回来了，我得赶快去接她！"

说完，九九小叔一蹦一跳地跑了。他怀里的那束野菊花一抖一抖，闪烁着秋阳的光芒……

可一转眼的工夫，九九小叔跑了回来。他怀里多了几枝红柳和一把白茅草。

看着怀里的红柳和白茅草，九九小叔说哪个哪个童年伙伴喜欢什么。

这些就是昨天的事情，九九小叔怎么会"走了"呢？

"五花地"的小土屋里，地上铺着野菊花、红柳和白茅草，窗台上摆着野菊花、红柳和白茅草，门楣窗棂上插着野菊花、红柳和白茅草……它们都是九九小叔弄来的，可是，小土屋里却没有九九小叔。

九九小叔呢？

九九小叔哪里去了？

没人告诉我。

我默默地走出小土屋，走出"五花地"……

9

几年以后，我升入初中；又过几年，我升入高中、考上大学、参加工作，如同九九小叔的童年伙伴一样，我也离开了沙原。

多少年过去，可九九小叔那热切温暖的目光让我无法忘记。

远行的童年伙伴，你们可曾想到沙原上有那样一个迎候你们的人吗？如果可以，我带你们回家，重新走进"五花地"，重新走进"五花地"里的那座小土屋，再走进那片枫林。

干爹云水伯

1

在我们小镇，云水伯算得上一个快乐的人。

从我记事时起，每年秋天云水伯都会乐呵呵地走进坨子，乐呵呵地从坨子里割来很多很多老牛拽。

老牛拽是一种茅草。叫这个名字，意思是它能承受老牛拉扯的力量。它细长如丝线，柔韧也如丝线，结实得连老牛都拽不断。雨水好的话，老牛拽能长到一米多高。一丛一丛一簇一簇的老牛拽铺在坨坡上形成一片浓绿。因为它细长、柔韧、结实，所以是草编的上好材料，能卖钱。

前几年，云水伯承包了几个长着老牛拽的坨子。

老牛拽不用侍弄就能长好。可一年中，从初春到深秋，云水伯的大部分时间都用在了他承包的坨子上。春天和夏天，云水伯看护坨子上的老牛拽，以免叫不懂事的人割去当饲料或柴草；秋天，他则在坨子里把老牛拽割下来再卖掉。其实，沙原上"不懂事的人"很少，甚至可以说几乎没有。云水伯春夏也要待在坨子里，是因为他离不开老牛拽。

卖了老牛拽，云水伯会很难过。看着装满老牛拽的车走远，云水伯像目送亲人一样眼含不舍。幸好，留下的那些上好的老牛拽能给云水伯一些慰藉。

云水伯有祖传的草编手艺。

冬天里，云水伯用留下的那些老牛拽编出的筐啊筐箩啊笊篱啊什么的……又结实又好看。云水伯把它们送给小镇里的人们，也送给小镇外面的人们。年年都是这样。云水伯用老牛拽还能编织小鸟、蝈蝈、蝴蝶……得到它们，我们都要小心地捂在手里，好像不小心捂在手里它们能忽地跑掉飞掉似的。

从城里来的人说，云水伯的草编应该很值钱。拿到城里，一个草筐箩也许就能值几十捆老牛拽的价钱。有几个城里人自愿为云水伯代卖，几次商谈都被云水伯拒绝。云水伯的观点是，祖先传下来的手艺怎能拿去卖钱呢？所以，云水伯不时地提醒我："你要看管住那只蝈蝈啊！"好像那几个城里人会强盗一样从我手里抢走那只草编蝈蝈回城里换钱似的。"那只蝈蝈在哪里？你还没有给我编呢！"我说。"我是说给你编了以后。"云水伯说。说完，他笑了，我也笑了。

整个冬天，云水伯都躲在家里和老牛拽一起做事情。

人们都说，老牛拽一到云水伯的手里就活了。事实真是这样。在云水伯的手里，老牛拽一蹦一跳，一会儿工夫就变成了筐啊筐箩啊小鸟蝈蝈什么的。

编织累了，云水伯走出屋，从小镇的这头跑到小镇的那头，又从小镇的那头跑到小镇的这头。

"雪真大！坨子里更加干净了吧？注意啊，不得了，野鸡鹌鹑该往柴垛里钻了，狐狸和野兔也该跑到村里取暖了？"云水伯跑着，双手插进衣袖，不住地这样喊，"雪真大！坨子里更加干净了！告诉你们，不得了，明年的收成错不了，肯定错不了！坨子里的蒿草也会长得更疯！"

这时，饭馆里吃饭的人们都会把头伸出窗户，喊云水伯进屋喝一杯。走进饭馆，喝过一杯酒后，云水伯又会跑到街上喊："告诉你们，不得了，明年的收成错不了，肯定错不了！坨子里的蒿草也会长得更疯。"

我始终想和云水伯一样身怀绝技，叫坨子里所有的老牛拽都服服帖帖地听我任意摆布。编出筐啊筐箩啊小鸟蝈蝈什么的，然后，在街上边跑边喊："雪真大！坨子里更加干净了！告诉你们，不得了，明年的收成错不了，肯定错不了！坨子里的蒿草也会长得更疯。"而饭馆里传出的那些喊我进去喝一杯的邀请，注定要遭到我的拒绝。

2

云水伯有三个女儿，唯独没有儿子。这是云水伯最最遗憾的事情。

他的小女儿春花和我同岁，在一个教室读书。春花学习好，长得好看。我喜欢和她在一起。

春花对老牛拽和云水伯编出的筐啊筐箩啊小鸟蝈蝈什么的不感兴趣。

为此，云水伯对春花一直心存不快。

"她不想学，我还不想教她呢！"云水伯这样说春花。

"教我吧！"我趁热打铁，"云水伯，我想学啊！"

"你？"云水伯用审视的目光看着我。

"我想学！"我用力拍打胸脯。

"你给我当儿子吧！"云水伯对我说，"叫我一声干爹我就啥都教给你！"

我不再拍打胸脯了。

我喜欢云水伯，喜欢老牛拽，也喜欢云水伯编出的筐啊筐箩啊小鸟蝈蝈什么的，却不喜欢叫他"干爹"，所以，我也就从来没有叫过他一声"干爹"。

我知道，不叫他"干爹"，这并不影响云水伯对我传授草编技艺的热情。他依然会手把手地教我，和颜悦色地对我说"这样编，这样编"。可都怪我的手不争气。我编出的筐啊、筐箩啊、笊篱啊，个个都像憨实老成的土篮，而编出的小鸟、蝈蝈、蝴蝶……则大都是老鼠的样子。

这时，站在一旁的春花会异常开心，她笑我心像小鸟而手却笨得如同老牛。

云水伯坚定地站在了我这边。他瞪着眼睛看异常开心的春花，直到春花识相地走开。

看着走开的春花，我的立场动摇了，尽管春花一再笑我心像小鸟而手却笨得如同老牛。在跟云水伯学习草编手艺与和春花一起玩耍的取舍中，我往往会选择后者。

我扔下手中的草编半成品，跟春花走出屋。

"远方！"

我跟在春花的身后已经跑出很远，还会听到云水伯喊着我的名字叫我回去继续学艺。

3

因为风沙大，也因为干旱，很少有人承包坨子，而云水伯却一意孤行。

今年，云水伯承包的坨子上的老牛拽比往年长得都好，一棵也没有被风沙埋掉，还没有旱着。春天里，云水伯在坨子里打了两眼井，这样一来，就是遇到干旱也不用害怕了。坨子的四周，云水伯前些年栽植的沙棘和黄柳已经长高长壮实，它们像篱笆一样顽强地守护着老牛拽。

有一次，看着满坨子茂盛的老牛拽，云水伯拍着我的肩膀对我说，他要用老牛拽给花脸编一双草鞋、一顶草帽和一件蓑衣。

花脸是我家的一条小狗。最近我在训练它，叫它成为演艺明星，然后带它游走世界各大城市。而且，我已经给它准备好了明星服装。我请那几个城里人为它买了高筒皮靴和开襟小袄。要是再有一双草鞋、一顶草帽、一件蓑衣，那花脸就不仅是一个演艺明星，还是一个乡村版的艺术大师！

"用我叫你一声'干爹'吗？"我问。

云水伯这样美好的承诺，我想他一定会有附加条件。

"不用。"云水伯说。

"我还是叫你一声'干爹'吧！"我说。

于是，我就郑重其事地喊了云水伯一声"干爹"。

云水伯呢，先是愣愣地看着我；然后反复地搓手，显得不知所措；接着"唉"地答应一声，紧紧地把我搂进怀里。

为了花脸的那双草鞋、那顶草帽和那件蓑衣，我第一次喊了云水伯一声"干爹"。

我以为这声"干爹"叫得值。

想想看，花脸要是穿上草鞋和蓑衣，头戴一顶草帽，那该是怎样的形象！

这样一来，游走世界各大城市的花脸不仅有高筒皮靴和开襟小袄，还有草鞋、草帽和蓑衣。不同场合有不同行头，不同需要有不同行头，想用哪套行头就用哪套行头。如果任性，花脸把高筒皮靴、开襟小袄和草鞋、草帽、蓑衣混合穿戴，那叫不伦不类还是标新立异？任你怎么说都行。演艺明星和乡村版艺术大师的花脸就是有别于其他小狗。

4

由于那双草鞋、那顶草帽和那件蓑衣，我对云水伯所承包的坨子又多了一层感情，多了一份期待。现在，那些老牛拽长在坨子上摇曳着，秋天一到，说不定它们中的哪一棵就会用在乡村版艺术大师花脸的行头上！

我加紧了对花脸的训练。

每次走上坨子，云水伯都要问我花脸是不是已经学会拿大顶、跳板凳、叼铁圈儿了，然后对我说："今年的老牛拽长得茂盛，不得了，编出的筐啊、筲箩啊、笊篱啊一定无比结实，编出的小鸟、蝈蝈和蝴蝶什么的也会要多好就有多好，给花脸编出的草鞋、草帽和蓑衣会要多漂亮就有多漂亮！"

说这些话的时候，云水伯笑咧了嘴巴。我想，此时的云水伯一定是在想着冬天里怎样编织筐啊、筲箩啊和笊篱，小镇里和小镇外的人们怎样来他家拿走他的草编，想着他编出的小鸟啊、蝈蝈啊、蝴蝶啊怎样叫孩子们手舞足蹈，想着花脸已经穿上了他送给的草鞋和蓑衣，戴上了他送给的草帽表演节目……一定是在想着自己编织累了怎样在小镇的街上跑来跑去喊"雪真大！坨子里更加干净了吧？注意啊，不得了，野鸡鹌鹑该往柴垛里钻！狐狸和野兔也该跑到村里取暖了！告诉你们，不得了，明年的收成错不了，肯定错不了！坨子里的蒿草也会长得更疯"的情景，也一定是在想着饭馆里的人们怎样把脑袋伸出窗户喊他进屋喝一杯……

茂盛的老牛拽给云水伯带来的是无尽的快乐。

我想，到了冬天，花脸已经学会拿大顶、跳板凳、叼铁圈儿，还会算加减法数学题，肯给人们打拱作揖。那时，那几个城里人也许来到小镇为花脸买来了高筒皮靴和开襟小袄，但是，我还是要先叫花脸穿上草鞋和蓑衣、戴上草帽，在云水伯编筐啊筐笊啊小鸟蝈蝈什么的编累了的时候给他表演；在云水伯在街上喊"雪真大！坨子里更加干净了吧？告诉你们，不得了，明年的收成错不了，肯定错不了！坨子里的蒿草也会长得更疯"的时候，我和穿着草鞋蓑衣、戴着草帽的花脸紧紧地跟在他身后，叫更多更多的人来听个清楚看个清楚。

5

最近一段日子，春花我俩的关系走到了最最紧张的地步。

春花一直反对我训练花脸，反对叫花脸成为明星。这是她能说了算的事吗？

春花我俩的矛盾已经瞒不住云水伯，因为，在跟云水伯学习草编和同春花待在一起之间，以前我总是选择后者，而现在我则一概选择跟云水伯学习草编。

"春花不让我给花脸编草鞋什么的。"云水伯似乎已经对春花采取了妥协的态度。

"别听她的！"我说。

"不听也不好。"云水伯的声音软了下来，没有一点儿力气。

"有啥不好？你又不是她的女儿！"我说，"我还叫过你一声'干爹'呢！"

"'干爹'你是叫过一声。"云水伯有些忧心忡忡，"不过，你想过没有？要是草鞋、草帽和蓑衣都编好了，可花脸却连拿大顶还不会，那可怎么办啊？"

云水伯在替我发愁。

"不会的！"

如同答应一定要学习草编时一样，我又对云水伯拍了拍胸脯。

"不会的？"云水伯问。

"不会的！"我一再拍着胸脯。

"要是那样，春花可真的该说你不中用了。"云水伯用同情的目光看着我，"那时我还怎么替你说话？"

我看着云水伯。

"再说，要是草鞋、蓑衣和草帽都编好了，"云水伯依然用同情的目光看着我，"而花脸却不想穿，也不想戴了，那可怎么办啊？"

我一直看着云水伯，不再拍胸脯，忽然觉得心里没有底儿了。

因为，此时的花脸依然不听我训导，甚至为了躲避我的训练而几天不再回家，四处奔跑几乎变成流浪狗了。

6

也许是因为有花脸的草鞋、草帽和蓑衣在秋天的那头等着，春天和整个夏天，云水伯坨子上的老牛拽长得一直很好。

我们一群伙伴常去云水伯承包的坨子，而前往的目的各不相同。伙伴们去那里也许只是为了玩耍，而我则是去看老牛拽的长势。我盼望老牛拽快快长高长壮实，然后变成花脸的草鞋、草帽和蓑衣。云水伯懂得我们的心情。我们走进坨子，云水伯异常高兴。看着那些茂盛的老牛拽，云水伯一再问我花脸是不是已经学会拿大顶了，是不是已经学会跨越板凳叼铁圈儿了，是不是已经学会算加减法数学题了……我怕云水伯再问下去。因为，接下来他应该要问"花脸是不是学会打拱作揖"了。我对云水伯是有承诺的。幸亏云水伯没有再问下去。"快了，花脸啥都快要学会了！"那时，很多伙伴会抢先替我回答，"花脸学得上心，远方教得卖力！"听伙伴们这样说，云水伯乐了。然后，云水伯说今年的老牛拽长得好，给花脸编出的草鞋、草帽和蓑衣一定非常非常漂亮，并说春花是拦不住他做什么的，怎么拦都拦不住……"不得了！那样漂亮的草鞋、草帽和蓑衣不得了！"最后，云水伯做了这样的归纳总结。

然而，所有的老牛拽都没能抵得过秋旱。

那年秋天，沙原遭受了多少年一遇的大旱。

美好的愿望没能帮助云水伯，那两眼井和那些沙棘黄柳也没能帮助云水伯。同其他坨子上的老牛拽一样，在秋天的旱风中，云水伯坨子上的老牛拽迅速变黄变瘦了。

我依然一次次走上云水伯的坨子，却很少见到云水伯了。其实，云水伯一直在他的坨子上。他在躲避着我。云水伯偶尔从坨子里走出来，看到我总是满面羞愧。云水伯对我说，他今年不能给花脸编草鞋、草帽和蓑衣了。云水伯接着说，那样黄那样瘦的老牛拽编出的东西不会像样。说这些话的时候，云水伯是满脸的痛苦。

7

云水伯依然整天待在坨子里。

看着云水伯坨子上的那些又黄又瘦的老牛拽，看着云水伯在坨子里躲躲闪闪的身影，我只是觉得心里难受。

云水伯，你为什么要躲躲闪闪呢？我想，除了很多很多愿望都成为泡影外，我已经喊过他一声"干爹"，而云水伯却不能兑现他的承诺也是原因之一。

今年，云水伯没有收获老牛拽，这叫我十分难过。这并不是因为花脸不会有草鞋、草帽和蓑衣。

8

那个冬天，云水伯过着沉寂的生活。

云水伯整天待在家里。他自己不编什么，也不教小孩子们编。他家的院子里冷冷清清，再没有熙熙攘攘来取草编的人们。街道上也再看不见双手插进衣袖、从小镇的这头跑到小镇的那头，又从小镇的那头跑到小镇的这头，边跑边喊"雪真大！坨子里更加干净了！告诉你们，不得了，明年的收成错不了，肯定错不了！坨子里的蒿草也会长得更疯！"的那个云水伯了。

饭馆里吃饭的人们常常把头伸出窗外寻找云水伯。他们说"云水伯呢？怎么不见云水伯了？这杯酒要送给他喝呢"。

我想让云水伯快乐起来。在这个问题上，花脸帮不上我一点儿忙，因为它现在依然不会拿大顶、跳板凳、叼铁圈儿，不会算加减法数学题，更不肯给人打拱作揖。看到它，云水伯能快乐吗？要让云水伯快乐起来还得靠我自己。可是，我几次去云水伯家试图叫他一声"干爹"，都被他拦在门外。

春花说，云水伯谁也不想见。

9

云水伯重新快乐起来的时候，是第二年深秋。

坨子上茂盛的老牛搋叫云水伯手舞足蹈。

"叫我'干爹'吧！"云水伯拉着我的手，"今年的老牛搋长得茂盛，不得了，编出的筐啊、笸箩啊、笊篱啊一定无比结实，编出的小鸟、蝈蝈和蝴蝶什么的也会要多好就有多好，给花脸编出的草鞋、草帽和蓑衣会要多漂亮就有多漂亮！"

我没有吱声。因为，我已经不再训练花脸。我不想叫花脸成为明星而叫它专职看家护院或自由玩耍。自然，现在我对高筒皮靴和开襟小袄失去了兴趣，对草鞋、草帽、蓑衣也不再热衷，还打消了叫坨子里所有的老牛拽都服服帖帖听我任意摆布的想法，不想编出筐啊笸箩啊蝈蝈什么的在街上边跑边喊。

"叫我'干爹'吧！"云水伯又说，"今年的老牛拽……"

我依然没有吱声。

云水伯咽回后面的话，看了我一会儿，似乎明白了一切。

"可是，我答应过你……"云水伯慢慢低下头，"我还没给你编呢，草鞋、草帽和那件蓑衣还都没给你编呢。"

"要我再喊你一声'干爹'吗？"看着云水伯，我心里很难受。

云水伯没有吱声。

"要我再喊你一声'干爹'吗？"我又说，"我喊你一声'干爹'吧！"

云水伯对我摆摆手，转身走进坨子。

一阵沙啦啦的响声过后，茂盛的老牛拽很快就把云水伯包裹起来。

"云水伯！"我大声喊，"干爹！"

没有回应。

坨子里只回响着老牛拽发出的沙啦啦的声音。

我伸长脖子，可再也没有看到云水伯的影子。

从那以后，我就很少再见到云水伯，即使走进他承包的坨子也看不到。我知道，云水伯在有意回避着我。

忽浪爷

1

每天傍晚，都会从瓜棚里传出琴声。

忽浪爷的琴声。

忽浪爷一手握琴杆，一手持琴弓。他半眯着眼睛，痴醉得似乎忘记了眼前的一切。他那握在琴杆上的手时上时下，中指和食指一揉一压，一弹一跳，有时又会停在一处颤颤地抖动半天……持弓的那只手呢，有时像是用了很大的力量，连胳膊都岔开，拉，拉——而琴弓却一动也不动。琴弓的另一端像是挂着一座山，一座谁也看不见的大山；有时腕子一抖一抖，琴弓跳来跳去……拉出的琴声呢，有时似乎是断了，可在你的想象中它确实还连着；有时，停息了半天的琴声又骤然响起，像河水淙淙淌来，像清风徐徐拂来，像暴雨猛烈袭来……

伙伴们蹲在一旁，直听得忘了回家睡觉。

"忽浪爷，教我们拉琴吧！"伙伴们恳求忽浪爷。

忽浪爷像是没听见，只是拉琴，不吱声。

"忽浪爷，教我们拉琴吧！"伙伴们又一次恳求忽浪爷。

忽浪爷依然像是没听见，依然只是拉琴，不吱声。

与同伴们相比，我似乎多出一点儿心思，总是寻找时机拉改草一个人走进忽浪爷的瓜棚听琴。

改草我俩同岁，在一个教室学习。她长得好看，学习也好。我喜欢和她在一起。

我也像伙伴们一样，恳求忽浪爷教我拉琴。

忽浪爷不回答我，只是拉琴。

拉琴的忽浪爷似乎在另外一个世界。

当我终于用一声声"教我拉琴吧"的恳求把忽浪爷从他的那个世界拉回瓜棚时，忽浪爷面无表情，看了我好一阵，又看了改草好一阵，然后小心擦了擦他的那把独弦琴，说："你还小啊，等你长大吧！"

2

忽浪爷不是苦艾甸本地人。

至于忽浪爷来自何方，是何身世，原来从事何种职业……棚棚村没人知晓。甚至，就连他姓什么叫什么，棚棚村都没人知道。只是在忽浪爷来棚棚村不久，在一个什么会上签名时，忽浪爷草草地写下了"忽浪"两个字，从此，人们就这样一路叫下来。从忽浪哥叫到忽浪叔，又从忽浪叔叫到忽浪伯，最后叫到忽浪爷。

"忽浪"那两个字写得虽不经意，可它清秀隽永，潇洒飘逸，显露出忽浪爷的深厚学养。棚棚村小学的老师看了那两个字，都说只怕自己再练二十年也赶不上忽浪爷写的那两个字。

忽浪爷来时也就二十岁左右。

四十年前的那个春天，忽浪爷从苦艾甸深处走来。

那时，棚棚村的人们正站在村口看春。

"甸子上走来一个人呢！"有人忽然大声说。

"真是一个人！"很多人跟着说。

"挑着担子。"

"还摇着拨浪鼓。"

"讨饭的？"

"也许是逃荒的。"

"是避难的吗？"

"是老人还是孩子？"

在棚棚村人如织的目光和种种猜测中，忽浪爷走过黄土岗，走近棚棚村。

等忽浪爷走到村口，棚棚村的人们一下子愣住了——他们还从未见过如此文静英俊的年轻人！愣过一阵之后，棚棚村的长者走到忽浪爷跟前，说道："小伙子，放下货担，留下来吧！"

"留下来吧！"棚棚村的人们随着长者说。

忽浪爷看了看棚棚村的人们,又回头看了看苦艾甸,然后放下担子,点头应允。

那时,不知道忽浪爷看没看到二月奶。

可以说,忽浪爷身无分文。他给棚棚村带来的只有一条扁担、两只箩筐,再就是一个拨浪鼓和一把胡琴。

拒绝棚棚村人的安排,忽浪爷住进了村东的瓜棚。

第二天,忽浪爷就挑着货担,开始在苦艾甸上行商。

3

忽浪爷每次行商回来,在黄土岗上总会遇见一个人,那就是二月奶。

当年,二月奶是我们这一带有名的心灵手巧又善良的姑娘。

走上黄土岗,忽浪爷总能闻到一股淡淡的香味。起初,忽浪爷以为是岗子上的花香,可冬天里依然有那种香味,而且好像更加浓郁。

忽浪爷不知道,那香味是二月奶绣花荷包散发出来的。

后来,二月奶把这个荷包送给了忽浪爷。

忽浪爷呢,每次行商回来总是给二月奶采一束野花。

有人说,忽浪爷和二月奶相爱了。

可是,最终他俩没能走到一起。在忽浪爷来棚棚村的第五年,二月奶嫁给了比她大十多岁的棚棚村生产队长(生产队长,即现在的村委会主任)。

二月奶结婚的那天，忽浪爷把自己关进瓜棚。于是，一连几天，棚棚村里始终响着忽浪爷的琴声。当忽浪爷走出瓜棚，人瘦了一圈儿，他的那把琴也变成了独弦琴。

从此，忽浪爷放下货担不再行商，成了专职护甸人。

忽浪爷去镇里转了几天，买回一把钐镰。这是他走进棚棚村以来购置的唯一家产（如果一把钐镰也算家产的话）。

扛着这把钐镰，忽浪爷整天在甸子上转悠，冬天也不例外。

忽浪爷看护甸子上的小鸟、野兔、刺猬、獾子……就连一只田鼠也不叫人动一下。当然了，不到立秋，谁也别想碰甸子上的一棵蒿草。

和甸子上所有的人一样，立秋一过，忽浪爷就开镰割草了。

忽浪爷打草在行，就连祖辈都住在苦艾甸上的人也比不过他。

正打反合，反打正合，忽浪爷都会。打草的时候，他紧抿嘴唇，微闭双眼，幸福得像在甜美的梦里。雪亮的刀片贴着地皮在他前面飞舞，有如展翅的大鸟。"唰——唰——"割草声短促有力，非常悦耳。随着这"唰唰"的响声，一片草倒下，又马上被推走，滑出一丈多远，形成一道草墙，人们叫它草趟子。草趟子像刚刚犁出的田垄，更像铺在甸子上的绸带。忽浪爷呢，每抡一下钐镰就往前挪动一步，每抡一下钐镰就往前挪动一步……于是，割去草的甸子上留下了他两行深深的足迹，刀刻的一样。这是苦艾甸上最美的小路，它往前延伸、往前延伸……一直伸向甸子边沿的白云。

割完草，晒干了，人们把它捆好，运回家。之后，棚棚村里就有了一群草垛。

忽浪爷的草垛比别人家的草垛高出一截，结实，码得也好，不漏雨。经过一个冬天和一个春天的风霜雨雪，它外表黑了，可第二年夏天扒开一看，里面依然鲜绿。

初冬，人们把草卖掉，可忽浪爷总是留下一垛。

雪天或来年的雨天，忽浪爷就从留下的草垛里掏出蒿草，给没有柴烧的人家送去。

改草我俩常常替忽浪爷完成这项工作。

抱着那些刚刚从垛里掏出的蒿草，我们周围弥漫着特殊的香气。我想，它是不是二月奶早年送给忽浪爷绣花荷包散发出的香气呢？

4

可以这样说，棚棚村的孩子是在草垛下长大的。

草垛戳在村里，棚棚村孩子的那份快乐也就由甸子转回到了村里。他们可以在草垛间穿梭，可以钻进草垛里歇一会儿，可以坐在草垛顶上看星星，还可以在草垛前的空场上做游戏……

草垛顶上一片静谧。坐在那里看星星，星星更大更亮了，云朵想遮都遮不住。把心里话放在星星上，把心愿放在星星上；心里话会变得银铃一样响亮，心愿会变得云朵一样轻盈。

藏猫猫似乎是棚棚村孩子永远玩不够的游戏。

夜晚，孩子分成两帮。一帮孩子在草垛前的空场上跑过一阵，然后爬上草垛，耐心十足地坐在草垛顶上，只等另外一帮孩子来捉。另外一帮孩子知道对方爬上了草垛，可草垛成群，自然很难找到爬上去的那帮玩家在哪座草垛上；找着找着，失去耐心，他们便放弃寻找回家了。等得时间长了，躲在草垛顶上的那帮孩子也就忘了自己是在躲避抓捕（或者说大一点儿孩子的心思根本没在游戏上）。他们探出头来朝村里张望，开始感知大人的世界。

夜色朦胧。

月光清水一样泼洒下来，一切都是那么洁净。

四周弥漫着忽浪爷的琴声。

在这如水的月光和低沉徘徊的琴声中，孩子们看哪家的灯熄灭了、哪家的灯熄灭又点亮了、哪家窗前有人影晃动、哪家院子进人了，听哪家人在拉话、哪家的狗在叫……这时的田野里也有说话声走路声传来——孩子们看着，听着，然后就想，那里一定有更多更好玩的事情！

我和改草是草垛顶上的常客。

草垛顶上，改草我俩看星星，把心里话放在星星上、把心愿放在星星上；看同伴怎样在草垛间奔跑，看月亮怎样把同伴的影子拉长又缩短；看村里和田野上的行人……听甸子上的田鼠和狐狸走动的声音。

对于棚棚村的孩子来说，草垛永远是他们依恋难忘的，月光下的草垛如此，太阳下的草垛更是如此。

棚棚村所有的草垛都可以由孩子任意攀爬，可有一座例外，那就是忽浪爷的草垛。

仰望，是所有棚棚村的孩子对忽浪爷草垛的态度。

5

当我记事的时候，忽浪爷早已不再以看护甸子打草为生。

此时，忽浪爷重新挑起货担在苦艾甸上再次行商。

棚棚村的人们不同意忽浪爷再去当"货郎子"，说现在的日子好了，用不着再去挣那份钱；说走村串街又累又辛苦，毕竟年岁大了……忽浪爷听了一笑，没有说啥。他找出扁担、货筐和拨浪鼓，走出棚棚村，走上苦艾甸……

别看忽浪爷已经六十多岁，可他挑着货担行走如飞，我们一群孩子要跑着才能跟得上他。

忽浪爷再度行商，可每年秋天，他还是要打草码一座草垛。

这时，忽浪爷打完草已不再运回村里，而是把草垛直接码在甸子上。

6

忽浪爷每次行商回来，除了给我们带好玩的东西，当然还给二月奶带回一束野花。

有了一阵"咚咚咚"的拨浪鼓响声，又有了一阵歌声，忽浪爷就从黄土岗后面走了上来。

忽浪爷总是从黄土岗那里走回来。

我们呼喊着，跑出棚棚村去迎接忽浪爷；而二月奶则早已在黄土岗上等着那束野花了。

可是，在我上小学五年级的那年春天，改变了以往的一切。

那是一个傍晚，我们终于把外出行商的忽浪爷盼了回来。

夕阳小心细致地把金粉扬洒在忽浪爷身上，此时的忽浪爷成了红色老人。而忽浪爷自己却全然不知，他只是一面摇着拨浪鼓，一面唱着歌，走上黄土岗，朝棚棚村张望，朝我们张望……

我们跑过去，围住忽浪爷。

忽浪爷放下担子，不吱声，捋着胡子笑眯眯地看我们。像往常一样，等我们安静下来，忽浪爷从货筐里拿出送给我们的礼物。这次送给我们的礼物是小笼子。这些用去年秋天留下的草梗编成的小笼子泛着橘黄，像是涂了一层月光。它们拳头大小，小巧精致。"等长出蒿草，甸子上到处蹦着蚂蚱的时候，你们就用得上它了！"忽浪爷这样对我们说着，目光却急切地四处寻找着什么。

伙伴们接过草编笼子跑开了。

而我站着没动。

不是二月奶绣花荷包散发出的香气不让我走，留住我的是忽浪爷扁担上插着的那束冰凌花。

苦艾甸上的冰凌花开得早。可蒿草还没发芽就开放的冰凌花我还是头一次看到。现在，因为染上夕阳的光辉，忽浪爷扁担上插着的这束冰凌花就显得更加耀眼。

忽浪爷站在那里，目光依然在急切地四处寻找什么。

没有二月奶。

忽浪爷终于失望地低下了头。

第二天，忽浪爷又挑着担子走出棚棚村，走过黄土岗，走上苦艾甸。

几天后，忽浪爷回来走上黄土岗，依然没有看见二月奶。

以后的日子里，二月奶再也没有去黄土岗接忽浪爷。

忽浪爷依旧走在苦艾甸上行商。可他再也没有摇拨浪鼓，再也没有唱歌。忽浪爷走出棚棚村是悄无声息，走回棚棚村也是悄无声息；瓜棚再没有传出琴声；忽浪爷不再给我们带回草编笼子一类好玩的东西……自然，他的扁担上也再没有插过野花。

忽浪爷沉寂了。

唉，什么时候再能听到忽浪爷的琴声；再能见到忽浪爷摇着拨浪鼓，唱着歌，走上黄土岗，带回一束苦艾甸上的野花呢？我常常这样问改草。

7

最后一次看到忽浪爷从苦艾甸上带回野花，是我升入八塔镇中学的那年秋天。

那年秋天，放学后我一直帮改草家收割庄稼。一年前，改草爸外出打工，家里只剩下改草和她妈两个人。

一秋的每晚收割，真的挺累人。

那天，装完最后一车庄稼，看着夕阳下空旷的田野，不知道为什么，我忽然有些感伤。

改草我俩爬上车，我一摇鞭子，装满庄稼的小毛驴车走动了。

坐在车上，看着远处的一朵白云，改草一动不动。她那凝神的样子，似乎是把她所有的心思都放在了那朵白云上。我呢，则轻轻地摇晃鞭子，时而看看前面的小路，时而看看空旷的田野……

旷野一片寂静，只有小毛驴的蹄声。

"改草，你说一句话吧！"我对改草说。

改草没有吱声。

"改草，你说一句话吧！"我又说。

看着那朵白云，改草还是没有吱声。

沉寂。

"哎——"

过了很长时间，改草忽然唱了起来！

我一震。

我从没听过改草的歌声。

改草唱的是苦艾甸上流传的一首民歌。歌中叙述一个年轻骑手远走天涯寻找亲人的故事。歌声不大，好像是从很遥远很遥远的地方传来，可它的确是改草唱的。歌声带着淡淡的感伤和忧愁，有穿透一切的力量。

歌声远去，传到苦艾甸的边沿，可它马上又折了回来，随着夕阳的余晖落在我的四周。

我仔细地听着，心在颤抖。

夕阳下，我拿起一朵小花——一朵刚刚从田埂上采来的小花——插在改草的头上。

改草似乎没有察觉，依然唱着。

小毛驴车怎么走进村子的？怎么走进改草家院子的？我是怎样卸完庄稼的？我不知道。

离开改草家，我走上黄土岗。

黄土岗上，我看见了忽浪爷。

忽浪爷坐在那里，看着棚棚村，一动不动。横在他面前的扁担上插着一束野菊花。

"忽浪爷！"我还一直激动着，"我听到改草的歌声啦！这是我第一次听到改草的歌声！"

忽浪爷没有吱声。

"忽浪爷，你听我说……"我喊了起来，"我第一次听到改草的歌声！"

忽浪爷似乎没有听到我的喊声。

"忽浪爷！"我接着大喊。

忽浪爷沉寂着。

这是怎么了？忽浪爷这是怎么了？我害怕了。

忽浪爷还是没有吱声。

"你听……北杉你听！"过了半天，忽浪爷看着远处，忽然对我说。

我不知道忽浪爷叫我听什么。

"你听……"忽浪爷的声音很低,"北杉你听!"

我隐约听到从村子里传来的哭声。

从路过黄土岗人们的谈话中,我知道,是二月奶去世了。

此时,忽浪爷的两颊已满是泪水。

忽浪爷扁担上的那束野菊花在晚风中摇曳。

天黑了下来。

忽浪爷从扁担上拔下那束野菊花插在路旁。

"北杉,二月奶明天路过这里,她会拾起这束野菊花。那样,二月奶会走得高兴。"忽浪爷说。

8

二月奶出殡后的第三天,忽浪爷扛着钐镰,走出棚棚村。

像往年一样,忽浪爷要在苦艾甸上戳起一座草垛。

扛着钐镰,忽浪爷的脚步有些沉重。来到甸子上,忽浪爷在一片茂盛的蒿草前蹲下。忽浪爷像是累了,他要休息一会儿,积攒些力量。

果然,当忽浪爷站起身抡起钐镰时,他陡然来了力量,来了精神,钐镰叫他抡得呼呼生风。

忽浪爷走进甸子的第十天,人们看到苦艾甸上戳起了一座草垛。

那草垛高大巍然，金黄灿烂。

秋天过去就是冬天，冬天过去春天就回来了；然后又是夏天、秋天……忽浪爷那座草垛必将经受四季的风霜雨雪。

可它依旧会高大巍然，金黄灿烂。

码完那座草垛，忽浪爷回到棚棚村的瓜棚。

棚棚村一直弥漫着忽浪爷的琴声。

几天后，忽浪爷将那把陪伴他五十多年的独弦琴送给我。在一个黑夜，忽浪爷悄然离开，没与任何人告别。同时，忽浪爷把货担子、拨浪鼓和那把钐镰都留给了棚棚村。忽浪爷把它们挂在瓜棚的山墙上。

历经四十年，那座瓜棚依旧坚固挺拔。

留下四十年前带到棚棚村的一切，忽浪爷带走的，可能只有四十年前二月奶送给他的那个绣花荷包。

9

忽浪爷走了，也许明天回来，也许后天回来，也许……不会回来了，永远也不会回来了。

可是，他的琴声却留在苦艾甸上，他的草垛也留在苦艾甸上。

那是一座不同一般的草垛。弥漫在琴声里，它高大巍然，历尽春夏秋冬与风霜雨雪也依然金黄灿烂，有如一轮光芒四射的太阳。

暖　春

1

这是"八百里瀚海"，一片白茫茫的坨子。

坨子坡脊是白沙，然而，坨坑里却长满蒿草，而且茂盛，捋一把那些蒿草就好像满手是油。走进"八百里瀚海"，说不定哪个坨坑就有一群马或者一群牛羊。这些马牛羊让坨子里的人富裕着呢！

相柏叔以往坨子外赶马牛羊为生，俗称"牲口贩子"。名难听，可钱不少挣。往返一趟十来天，弄好了，一趟就能赚两三千元。

春末，正是往坨子外赶牛马的好时候。地种完了，有些人家就把累乏的牛马卖掉。

这年春天，相柏叔已经赶了三趟马。

可上趟赔了。

上趟相柏叔赶七匹马，可还没赶出十几里就少了一匹。一看，是链绳被搐断，那匹马擅自跑掉了。相柏叔返回村里找到卖主。卖主哈哈大笑，说："相柏，你也是老把式了！连我们坨子里的这个习俗都不知道，你还想当牲口贩子？"

卖主说的那个习俗，是买主没经管好买来的牲口，牲口跑回家，那跑回家的牲口就归为卖主的了。

一拍大腿，相柏叔认了。

上趟损失，这趟一定赚回来！相柏叔给自己下了狠话。

看好牛行，相柏叔这趟赶牛。

2

相柏叔在一个村子很快买下八头牛。正在相柏叔要赶牛走出坨子的时候，一个中年妇女来找他。

"大兄弟，你还买牛吗？"中年妇女对相柏叔说，"我家有头牛，你买下吧。"

中年妇女说了多少遍"你买下吧"，而且诚恳，可相柏叔一直没有吱声。一是八头牛够赶了，二是相柏叔兜里已经没有足够的钱再买第九头牛。

"大兄弟，你买下吧！"中年妇女又说。

"那……我就再操一份心。"最后，相柏叔狠狠地说。

"好兄弟！"中年妇女十分感激。

"把牛赶来吧。"相柏叔说。

"大兄弟，你还得等一等……"中年妇女说，"我家还有两块地没种，我快种……你等一等。"

"不行啊，晚一天也许就赶不上行情了。"相柏叔说，"那样的话，说不定连这几头也跟着白赶。"

"大兄弟，你就行行好……我实在是等钱用。"中年妇女说，"可那两块地还没种，不种不行……你等一等。"

相柏叔没有吱声。

"大兄弟……"中年妇女用祈求的目光看着相柏叔，"你等一等。"

"好！我成全你！"相柏叔说，"可牛的价钱……"

"价钱好说。"中年妇女的脸上终于有了笑意，连连说，"价钱好说，你看着给。"

3

来往于坨子之间已有四五年，可忙着生意，相柏叔一直没有仔细地看过坨子。再说，相柏叔也没有这个心情。

趁着等牛，相柏叔决定去坨子里看看。

村外就是坨子。

一条小路没伸出多远，就被坨子扯断了。这"八百里瀚海"是坨子的世界！一座座沙坨子成群地朝远处涌去，又成群地涌回来。它们都像蒙着雪，白茫茫一片。要是只看它们，真让人感到此时正是冬天。可一丛丛黄柳告诉你，一簇簇欧李棵子告诉你，一片片白茅草告诉你，还有那红嘴雀的切切啼鸣告诉你……这确实是春天。

相柏叔走上坨脊，看见坨坑里有两个人在种地。一个大人，一个少年。

大人是昨天找相柏叔卖牛的那个中年妇女。

已近晌午，坨坑里往上升着热气。

一头牛拉犁。

少年扶犁，中年妇女点种。

两个人的腰都猫得很低，脚步也都沉重。

不用说，那头牛就是中年妇女要卖的牛了。

相柏叔开始审视这头牛。从牲口贩子的角度看，它的确是头好牛。黑缎子似的皮毛上像被谁搓上了无数雪花儿，短粗的脖颈、柱子似的腿杆、竭力前伸的犄角……把相柏叔看呆了。贩了这些年牲口，相柏叔还从没见过这样的好牛！它是坨子里少见的花斑牛！

看得出，那头牛是累了，可它还是煞着腰，把头几乎顶着地拉、把头顶着地拉……

中年妇女不说话，少年也不说话。

坨坑里静得有些压抑。

种完一条垄，少年叫住牛，说话了：

"妈，咱不卖。咱就这一头牛啊！"

中年妇女没吱声。

"妈，卖了它，"少年接着说，"秋天拉庄稼、来年种地、平时拉土垫圈……咋办？"

中年妇女还是没吱声。

"妈，你想过吗？"少年看着中年妇女。

"别说了！"

"妈！"少年一直看着中年妇女。

"你怕累？你……你是妈的儿子吗？"中年妇女脸色变青，"我问你，你怕累吗？"

"妈……"少年把脸扭向别处。

"有妈呢……是妈对不住你。"中年妇女背过脸去，"孩子，你爸躺在炕上，胸疼得厉害；还有你，也有半个月没上学了吧？"

"妈，你别说这些……"少年的声音很低。

"卖了牛，明天就去城里。"中年妇女说，"去给你爸治病，你拿上钱上学。"

"妈……"少年的声音更低了。

坨坑里又归于沉寂。

少年抚摸着牛背。

过了好一会儿，少年慢慢转过身，看坨子。

少年看到了坨脊上的相柏叔。

"大叔——你就是贩牛的大叔吧？"少年问。

相柏叔没有吱声。

"大叔……"少年说。

相柏叔看着少年。

少年依然抚摸着牛的脊背。

"大叔，你走吧！"少年说，"这牛……我们不卖！"

<h1 style="text-align:center">4</h1>

少年说不卖这头牛，可还是卖了。

种完最后一条垄，中年妇女急忙把牛给相柏叔送来。

付了钱，相柏叔把花斑牛同八头牛链在一起，然后上路。相柏叔想快点儿离开这个村子。

相柏叔不知道，他已经走出很远，那个少年还趴在坨脊后面看着，看相柏叔，看他家的花斑牛。

花斑牛走得很慢，也许是它刚刚犁完地累了，也许是它不愿意离开主人，也许是它不愿意走出坨子……花斑牛走得很慢。

一路上，相柏叔不时狠狠地打花斑牛。

相柏叔走得很急。他恨不得一步走出坨子。

而花斑牛连同那八头牛依然不愿快走。

相柏叔不时狠狠地打着花斑牛，还有另外的八头牛，急急地走着，太阳偏西也没停下脚步。相柏叔想，走吧，走累了，到哪里点堆火待下就不用住店了。

当走得再也不想抬脚的时候，相柏叔抬头看看四周的坨子。他叫住九条牛，决定在一个坨坑里歇脚。

其实，相柏叔并没走出多远。

成群的沙坨子让相柏叔迷路了。绕来绕去，相柏叔不时回到刚刚走过的地方，可他全然不知。

天已经完全黑下来。

找来去年冬天残留的蒿草，相柏叔点着篝火。

牛卧着，眼里闪着火光。

火光中，吃过干粮，相柏叔迷迷糊糊地睡着了。当他醒来，看了一眼牛，只看了一眼，相柏叔就蒙了。花斑牛不见了！相柏叔腾地跳起，走近牛——不错，花斑牛真的不见了！

相柏叔查看一下链绳——怪自己着急，没把绳结系死。

找吧！

赶快找！

相柏叔急切地轰赶自己。他围着坨子寻找，坨上坨下地找，坨里坨外地找……连个影子都没有看到。相柏叔希望它还在坨子里转，没有走回家里。

如果丢一头牛，这趟又赔了！

这时，相柏叔感到累了，浑身散了一样。他一下子坐在地上。

篝火熄灭，一根根燃过的蒿草泛着白灰。

相柏叔觉得冷，冷得打哆嗦。

不知道坐了多久，相柏叔忽地跳起，疯了一样，找来很多很多蒿草堆在一起，重新点着，烧、烧……不停地烧，可相柏叔还是觉得冷。

此时，相柏叔只是觉得冷，就是把坨子里所有蒿草全都烧掉也暖不过身子。

5

第二天，东边还没发白，相柏叔就接着寻找花斑牛。

相柏叔想，找到花斑牛就马上离开；如果没有找到，那就自认倒霉，也马上离开。他一会儿也不想待在这个坨子里。

可相柏叔还没在坨子里绕过一圈儿，就听到后面有人喊他：

"大叔——"

相柏叔停下脚步，转回身。

少年！

"大叔——你的牛！"少年紧跑着。

相柏叔愣住了。他不敢相信自己的眼睛。

少年站在篝火旁，花斑牛贴在少年身边。

那堆篝火还在燃烧。

"大叔，我来给你送牛。它半夜跑回家，我妈让我快点儿给你赶来。"少年说，"大叔，你着急了吧？"

相柏叔看着少年。

火光一闪一闪，把少年照得通红，把花斑牛照得通红，也把四周的草地照得通红。

"这头牛不愿离家呢。"少年抚摸着牛背，说。

"孩子……"相柏叔一直看着少年。

相柏叔还想再说什么却怎么也没有说出来。

"大叔……"少年想说什么也没有说出来。

相柏叔撇下那八头牛，绊绊磕磕地走近篝火。

篝火燃得很旺，跳跃着橘红色的火苗。

"大叔——你怎么了？"少年问。

"孩子！"过了半天，相柏叔终于说出话来，"你冷了吧，孩子？烤烤火吧……"

"大叔，我不冷。"少年说。

"快烤烤火吧，孩子。"说着，相柏叔上前拉住少年的手。

"不！"少年挣脱，说，"我要快点儿回家。妈妈等着我的话呢。"

"孩子……"相柏叔低下头，"我以为你冷……"

"我不冷！"少年说。

"哦，那就好，那就好……"相柏叔语无伦次。

"大叔，花斑牛走了一夜，累了……它可能走得慢些。"少年说，"路上，你……你别打它。"

说完，少年转过身去。

相柏叔没有吱声。

"大叔，你答应我！"少年说。

"孩子……你不冷……"相柏叔没有回答"打不打花斑牛"的问题，而还在问少年"冷不冷"。

"我不冷。"少年说。说着，少年把脸贴在花斑牛的背上，肩膀一耸一耸，半天不肯抬头。

相柏叔的眼泪再也含不住了。

"大叔，答应我！"少年又说。

"孩子，你不冷就好，不冷就好……"相柏叔依然没有回答少年，而只是重复这句话。

少年离开。

花斑牛依然站在篝火旁。

相柏叔擦一把泪水，看了一会儿花斑牛，然后轻轻拍了拍它的脊背。

花斑牛一震，便径直朝少年走去。

等太阳出来，花斑牛就能走到家了。目送花斑牛远去的背影，相柏叔想。这样想过之后，赶着那八头牛，相柏叔重新上路。

夜 牧

1

一大垛谷子码在场院里，金黄灿烂。它后面是一朵白云，美极了。

这是鸣山码的。把这垛谷子码起，地里就没有庄稼了——鸣山和妈妈把秋就收完了。

鸣山看着谷垛想，这谷垛和爸爸码的一样。

鸣山想起了爸爸。爸爸去年去世，鸣山和妈妈支撑着家里的一切。一年中，家里没用任何人帮忙。鸣山很自豪，他觉得自己是个男子汉了。

春天的时候，喜泉叔曾来帮过忙，可叫鸣山撵走了。从那时起，鸣山就觉得自己了不起，称得上是个男子汉了。

那时正是播种的季节，喜泉叔来帮种地。开始，鸣山很感激他。

一天，放学路上，小匙和少更从后面撵上鸣山。

"鸣山，是喜泉叔在帮你家种地吗？"小匙问。

"是啊。"鸣山说，"喜泉叔真好。"

"几天了？"少更问。

"三天。"鸣山说。

"他在你家吃饭吗？"小匙又问。

"当然吃饭。"鸣山说。

"他以后会总在你家干活了吧？也会总在你家吃饭了？"少更又问。

"什么意思？"鸣山站住了，看着两个伙伴。

小匙畏畏缩缩地说："听大人说，说……"

"说什么？"鸣山忽然警觉起来。

"说喜泉叔要……要跟你妈好呢。"小匙说。

"我打烂你的嘴！"鸣山上前就是一拳。

"是大人说的，又不是我。村里人都这么说。"小匙捂着脸，"咱俩是同学我才告诉你。"

鸣山听不下去了。他撇下小匙和少更，跑到田里。

喜泉叔和妈妈正在往田里撒种。

鸣山站在地边儿，冲喜泉叔大喊：

"喜泉叔——你走吧！"

喜泉叔没听见。他干活太专注啦。

"你走吧！"

鸣山又喊一声。

喜泉叔听到喊声，抬起头：

"鸣山，放学啦？"

"喜泉叔，你走！"鸣山定定地看着喜泉叔，"不用你！这地，我们自己能种！"

喜泉叔不解地看着鸣山。

鸣山扔掉书包，走近喜泉叔。

"你走！"

喜泉叔仍旧看着鸣山。

"你走啊！"鸣山的声音提高了很多。

喜泉叔迟疑了一会儿，似乎明白了什么。他擦去脸上的汗，看了妈妈一眼，迟迟疑疑地走了。

鸣山转过身看妈妈。

"妈，咱能种这地。我能帮你种。"鸣山压低声音说，"我已经十四岁了！"

妈妈没有吱声。

"妈，咱自己能种地！"鸣山的情绪陡然高涨，几乎是在喊，"自己能种！"

妈妈仍然没有吱声。

"咱自己能种！"鸣山喊道。

妈妈背过脸去。

2

鸣山不但帮妈妈种完地，侍弄完地，而且，还把庄稼收割完拉进场院！

码起这垛谷子，鸣山有些激动。

鸣山转过身看着妈妈。

秋风撩动着妈妈的长发，一飘一飘的。

妈妈看着远处的田野。田野一片橘黄。

"妈，今晚我去夜牧。"鸣山说。

妈妈没有吱声，还看着远处的田野。

"妈，今晚我去夜牧。"鸣山又说。

"去夜牧？"妈妈从田野上撤回目光，落到鸣山的脸上，"去夜牧？去红柳滩吗？"

"是，红柳滩。"鸣山一直看着妈妈。

3

苦艾甸上有个风俗，每年秋天收完庄稼，家家都要把牲口赶到甸子上去放几夜。傍晚把牲口赶上甸子，几天后把它们赶回来，这叫夜牧。据说这样能使牲畜兴旺，家事顺利。其实，夜牧的真正含意是在告诉人们：哪家的地收完了，哪家的人有力量，哪家的日子过得很红火。如果哪家收完了地不把牲口赶到甸子上放几夜，那会叫村里人耻笑的。

爸爸活着的时候，每年都要去红柳滩夜牧，而且总是村上第一个把牲畜赶上甸子。红柳滩在甸子深处。红柳滩上有野兔，有狐狸，还有野狼。爸爸不怕。爸爸不让鸣山去，让鸣山在家里学习。几天后，爸爸回来时总是兴高采烈，总是要对鸣山描述夜牧的情景。爸爸说红柳滩上有篝火，这一堆那一堆，成群成片；有歌声，是夜牧的人们唱的，歌声有长有短、一荡一荡，能把甸子唱得跳舞；还有雁鸣，南归的雁鸣，一声连一声，悠扬着呢……爸爸描述着红柳滩夜牧的情景。那情景把鸣山迷住了。可爸爸不让鸣山跟着去夜牧，叫鸣山在家里看书学习。

现在，鸣山要自己去夜牧啦。

4

那天，鸣山把喜泉叔撵走后，找到小匙和少更。

"我把喜泉叔撵走了，他不会再来我家了。永远不会！"鸣山说，"你俩把这话说给村里人吧！"

小匙和少更定定地看着鸣山。

"他永远不会来我家……你俩把这话说给村里人，说吧！"鸣山几乎是在喊。

小匙和少更依然定定地看着鸣山。

"你俩怎么不说话？"鸣山喊道，"告诉你俩，他永远不会来我家了！你俩说去吧！说去吧！"

小匙和少更定定地看了鸣山一会儿，转身跑掉了。

从那以后，喜泉叔的确再没来过鸣山家。只是有一次在街上他和鸣山妈说过一阵话。

从那时起，人们就很少看到喜泉叔了。他到外面干活去了。他会泥瓦活，还会木工活。他手巧，干啥像啥。

也是从那时起，喜泉叔很少与村里人来往了。

喜泉叔只身一人，家在村子东头，院外就是甸子。

听人们说，喜泉叔晚上会经常坐在院外看甸子。从夕阳下沉一直看到天黑，一动不动。谁也不知道他在看什么。还听人们说，晚上经常从喜泉叔屋里传出歌声。那歌声低沉、沙哑，听了叫人心里不好受。

鸣山心里说，叫他看去吧，唱去吧！反正他不会来我家了，永远不会！

5

红柳滩离村子有二十里路。

吃过晚饭，鸣山就赶着家里的两头小毛驴上路了。

鸣山走到村东头，看见了喜泉叔的小屋。听人说，近几天喜泉叔没出外干活。他常常往鸣山家里看。

鸣山想，你看吧，看吧——看看我家场院里的谷子垛！那是我码的，和爸爸码的一模一样！

一年来，村里人都说鸣山是个能干的孩子，连大人都佩服他。鸣山不但帮妈妈做好家务，而且也没耽误学习。鸣山的学习成绩在班里数一数二。

6

割去庄稼，天高了许多，甸子也辽阔了许多。远远近近的树木清爽爽地站立着，很悦目。

鸣山轰赶着小毛驴赶路，他要早点儿赶到红柳滩，到那里拾些干柳条，准备夜里点燃篝火。

7

红柳滩一片通红。丛生的红柳像一根根烧透的铁条插在草滩上。晚霞中，有一群群沙雀飞来飞去，偶尔还有一只大鸟在悠悠地飞翔。

晚霞燃烧着，很红，很艳。

鸣山拾来柴草，坐在柴堆旁。两头小毛驴在专心地吃草。

晚霞渐渐变暗，变黑。鸣山仰着脸，看着它怎样消失。

晚霞一消失，天就暗了，黑了。一颗颗星星跳出来，把黛蓝的天幕坠得很低。

红柳滩一片寂静，只有乍起的瑟瑟秋风。

鸣山看着四野，开始寻找篝火——没有；他想听到夜牧人的歌声——没有；也没有雁鸣。鸣山想看到那成群成片的篝火，想听到夜牧人那一荡一荡的歌声，还想听到南归大雁的鸣声。

没有。什么都没有。他沉寂了。他想到了爸爸一个人在空空荡荡的红柳滩夜牧的情景。

秋风拉着呼哨开始在红柳滩上游走。

鸣山感觉有些冷，可他没有点燃篝火。他意识到柴火捡少了。要过夜，这些柴火是不够的。

四周有什么在走动？是野兔，还是狐狸？

忽然，从远处传来一阵低沉的声音。

"嗥——嗥——"

是狼嗥。

"嗥——嗥——"

嗥叫声飘来飘去，而且更加清晰。

又一阵秋风吹来，鸣山觉得更冷了。

寂静的红柳滩似乎在等待着什么，在期待着什么。

这时，传来一阵脚步声。

谁？来红柳滩做什么？

喜泉，是喜泉叔。

鸣山随手拿起镰刀，呼地站了起来。

喜泉叔站住脚。

"鸣山……"喜泉叔的声音很低。

"你……来做什么？"鸣山紧紧地握着镰刀。

"鸣山，你听我说，我来替你夜牧。"喜泉叔站在远处，看不清他的面部。

"你走！我不用你替！"鸣山抖动一下镰刀，声音很重，

"我自己能做……"

"鸣山，我总想帮你做件事……"喜泉叔的声音依然很低。

"你为什么要为我做事？"

"因为你会成为男子汉。"

"我已经是男子汉了！"

"不，你现在还算不上……"喜泉叔说，"你以后会成为男子汉！"

鸣山定定地看着喜泉叔。

"鸣山，告诉你，我替你夜牧后就离开咱村——去省城打工。我本来早就该走，可我一直等着替你夜牧……"

说完，喜泉叔走近柴堆，点着篝火。

干透的红柳枝条燃烧起来，映着喜泉叔的脸。

鸣山定定地看着他。

"鸣山，你敢走夜路吗？敢走你就回家吧，回家看书学习。"喜泉叔说，"男子汉都不怕走夜路。"

鸣山的心一颤。

"男子汉都不怕走夜路。"喜泉叔又说。

看着"噼噼啪啪"的火苗，鸣山想起一年来发生的事情，那一幕一幕的事情朝他涌来。

"男子汉都不怕走夜路。"

喜泉叔蹲下身，往火堆里添柴。

"鸣山，你回家看书学习……想着……有一个人为你夜牧呢。还有，那个人就要离开苦艾甸了。"喜泉叔说，"你要忘记他。这……是男子汉该做的。忘记他。"

"喜泉叔!"

"咚"的一声,镰刀落在地上。

8

鸣山离开红柳滩,走在回家的路上。走出很远,他站住,回过头来眺望。

红柳滩一片苍茫。

苍茫的红柳滩上有喜泉叔,有喜泉叔点燃的篝火。

小匙和少更,还有村里的人们,你们感觉到那堆篝火了吗?

那堆篝火像是心脏,在黑暗的夜里一跳一跳,闪烁着温暖的光芒。

摔跤小山

一座小山，一座摔跤小山，现已失却。夏来很气愤，也很难过，但他没有流泪。因为他相信，他会找回那座小山——那座威武、会说话的小山，还有那个少年——黑皮哥哥。

1

那是夏天，一个绿油油的夏天，蒿草茂盛，而且，什么花都开着。

夏来走在苦艾甸上，他在寻找什么。

夏来觉得自己有力量，有用不尽的力量。

远远地，夏来看到一座小山，他跑了过去。

在这以前，夏来没有见过山。

苦艾甸很少有山。整个苦艾甸上，怕就只有这一座山吧？

第一次见到山，夏来有些激动。

夏来不知道那座山的名字。

那座小山很威武地挺立着。上头有花开着，雪白一片。夏来认识，那是欧李花，一丛一丛，白得刺眼。夏天过去，秋天里，它们就是火红火红的欧李啦！

2

夏来跑到小山前，已是气喘吁吁，但他站也没站，就想走上去。这时，身后传来喊声："站住！"

夏来回头一看，有个黑皮少年站在那里。那个黑皮少年比自己大不了几岁，腿杆粗壮，胸肩宽大，说话瓮声瓮气。

"你先别上！"黑皮少年对夏来说，"把我摔倒才能上。"

"为什么摔倒你才能上？"夏来问。

"因为这山叫摔跤小山啊！"黑皮少年说。

摔跤小山？有意思！可我从没摔过跤。从没摔过跤，那又怎样？夏来想着，突然冲上去，"嘿"的一声，用头撞黑皮少年的肚子。

黑皮少年没动，钉在地上一样。他被夏来的举动逗笑了。

"小兄弟，你真不客气！"黑皮少年说。

夏来没有吱声，后退几步，又"嘿"地冲上去，用力撞黑皮少年，黑皮少年还是没动。

夏来"嘿嘿"了好一阵，发起无数次攻击，黑皮少年始终一动没动。

最后，夏来累了，一屁股坐在地上。

黑皮少年站在那里，只是看他笑。

过了一会儿，夏来又站起来，对黑皮少年说："再来一次！"

夏来再一次发动进攻，黑皮少年依然没动。

黑皮少年问夏来："你真想上山？"

"当然！"夏来说，"我第一次见到山。"

黑皮少年想了一下，说："要不……要不你投降吧。你说摔不过我，说完你就可以上去。"

"我能摔过你！"夏来说。

可夏来真的摔不过黑皮少年。

"那就没有办法了。"说着，黑皮少年坐在了地上。

夏来也靠他坐下。

夏来看着黑皮少年。

不远处，有个中年汉子在叮叮当当地修理犁杖。雪亮的犁铧像在述说着什么。春天已经过去，还修理犁杖做什么呢？

看着黑皮少年，夏来想，我没有哥哥，我要有哥哥就应该是他这样的哥哥！我该叫他哥哥！

黑皮少年看着别处，对夏来说："你一定恨我。"

"不，我喜欢你！"夏来也不再看黑皮少年，而是看着小山，说，"可我要摔倒你。"

"我等着！"黑皮少年把目光转向夏来。

太阳悬在头顶，银币一样。夏来和黑皮少年就那么坐着。

苦艾甸一片沉寂。

"这里没有房子，没有老师，没有同学，没有游戏……这里什么也没有。"过了好一会儿，黑皮少年动了动，对夏来说，"这里只有我一个书包。"

夏来看着四周，说："我知道。"

"我也没有什么送你的。"黑皮少年又说。

"我知道。"夏来把目光重新落在黑皮少年身上，"那又怎么样呢？"

"我总得送你一件礼物吧？"黑皮少年看着夏来，把书包拉近自己，"那你就坐在太阳下，让我给你讲故事听吧！"

那个书包胀得鼓鼓的，有几本书都要掉出来啦！

"讲吧！"夏来朝黑皮少年挪了挪身子，"讲吧！我爱听故事。不过，可要动听！"

太阳下，黑皮少年开始讲故事。一个、两个、三个……一个接一个，想不到，黑皮少年还这样能讲故事！

这些故事像一块块黑色的石头，个个砸在夏来越绷越紧的心弦上。夏来听着，想，这些故事是从哪里来的？是黑皮少年讲的吗？瓮声瓮气，像一块块黑色的石头。不，这些故事是小山讲的——那座摔跤小山会讲故事！

"这些故事真有劲儿！"听着听着，夏来竟不由自主地蹦了起来。

故事在继续，故事没有被打断。

讲完故事，也许还没有讲完，黑皮少年站起身，跑上山。

夏来也站起身，仰脸看着黑皮少年，喉结动了动。

站在小山顶上看苦艾甸，苦艾甸该是什么样子？小山顶上一定有很多很多故事！

从小山后面升起一朵白云，黑皮少年就站在那朵白云里。

在小山顶上站了一会儿，黑皮少年走下来，对夏来说："你咋不跟我上山？你上去吧。"

看着黑皮少年，夏来感激他，可夏来没动。

夏来说："等我摔倒你再上！"

黑皮少年静静地看着夏来，说："我等你！"

那边，中年汉子修理犁杖的叮叮当当声急切地响着。

3

夏天走了，秋天来了。摔跤小山上该满是红艳艳的欧李果了吧！

夏来朝摔跤小山跑去。

远远地，夏来看到，小山依然是白色！一大片白色。依然开着花，一大片一大片，开着白色的花！这使夏来想到第一次见到小山的情景。

可夏来不知道，虽然还是白色，虽然还是一大片，可它们却已经变成荞麦花了！

黑皮少年依然在山下坐着。是在等夏来吗？

夏来跑过去，无比兴奋。他对黑皮少年说："我来了！"

黑皮少年看了夏来一眼，没有吱声。

"来，咱俩摔跤吧！"夏来说。

"摔跤？"黑皮少年转过脸去，看着荞麦花，说，"摔跤干什么？"

"你忘了？"夏来十分吃惊。

"什么事？"黑皮少年一脸漠然。

"你说过，摔倒你我好上山啊！"夏来说。

"想上山为什么要摔倒我？"黑皮少年依然看着荞麦花。

黑皮少年把夏来忘了，把"嘿嘿"叫着朝他身上撞的夏来忘了，把他自己说过的话忘了……把那个绿油油的夏天也忘了！

"你想想——这不是摔跤小山吗？"夏来极力想唤醒黑皮少年。

"是摔跤小山。"黑皮少年一直看着荞麦花，说，"那又怎么样？你想上去？不用摔跤，你上去吧，别踩着荞麦就行。"

"我要和你摔跤！"夏来说。

黑皮少年没有吱声。

"你说过等我。"夏来说，"我来了！"

黑皮少年还是没有吱声。

"你站起来啊，你站起来！"夏来说，"站起来！"

黑皮少年依然没有吱声。

"你说过等我，我记得！"夏来说。

黑皮少年始终没有吱声。

"站起来，你和我摔跤，摔倒我也行！只摔一次就行啊！"夏来喊了起来，"我攒足了力量！"

看着荞麦花，黑皮少年一直没有吱声，始终是一脸漠然。

一切都过去了！

看着黑皮少年，一行泪水顺着夏来的两颊流了下来。

不远处，那个中年汉子还在叮叮当当地修理犁杖，依然专心，依然专注。

雪白的荞麦花在秋风中漫卷，漫卷……如洪水，如浪涛，尽往黑皮少年的脸上扑。

夏来的目光四处寻找。

这里没有房子，没有老师，没有同学，连黑皮少年那胀鼓鼓的书包也没有了。那胀鼓鼓的书包哪里去了？是被荞麦花卷走了吗？

"要不……你给我讲故事吧。"夏来的语气变得和缓，对黑皮少年说。

"啥故事？"黑皮少年终于说话了。

"黑色石头一样的故事。"夏来说。

"黑色石头一样的故事？"

一脸漠然的黑皮少年说过，又不吱声了。他只是默默地看着荞麦花。

他忘记了一切！

夏来知道，黑皮少年已经忘掉了一切。

夏来上前揪住黑皮少年的衣领，想把他拎起来。可黑皮少年不肯站起。

黑皮少年的腿杆还是那么粗壮，胸肩还是那么宽大，可已没有那瓮声瓮气的声音了。他坐着，就那么坐在那里默默地看着荞麦花。

夏来扭过脸，看小山。

现在，夏来可以随便走上去，但他没有那样做。

小山失去了对夏来的诱惑。

这已经不是夏天见到的那座小山了！夏来在心里说，再不是那座摔跤小山了！

4

夏来离开那座小山，可那叮叮当当的修理犁杖的声音不停地响着，急切地追赶他。

夏来觉得刺耳。

夏来奋力奔跑，想甩掉它。

跑了一阵，夏来站住，回头看去，已是夕阳西下。叮叮当当的修犁声消失了，小山依然可见。

夕阳中，小山像是一垛正在燃烧的干草，壮烈而辉煌，可是，暮霭不久就融去了它的轮廓。

夏来举目四望，如砥的苦艾甸上再也没有摔跤小山啦。

那座小山，那座威武、会说话的摔跤小山呢？

站在偌大的苦艾甸上，夏来看着西天。他想拽过那轮如血的夕阳问一问，问一问："那座小山呢？那座会说话的小山呢？它哪里去了？是你烧掉了那座摔跤小山吗？你为什么要烧掉它？那是多么威武的摔跤小山啊！还会说话！你要把它还给我！"

夕阳不语，四周只回响着叮叮当当的修理犁杖的声音。

孤　鹤

1

不知是谁，忽然发现学校操场旁边的杨树上站着一只灰鹤。

是一只孤鹤。

鹤本群居或双栖，孤鹤却不多见。这只鹤是被人撵散出群的，还是它自己要索身独居？没人知道。

八塔镇中学的学生们发现那只灰鹤时，不知它已在这里待了多久。它一声不响，从这个枝头跳到那个枝头，又从那个枝头跳回这个枝头，一副心事重重的样子。它偶尔展翅一飞，更多的时候，是举着头凝视空洞的天空，像在思索着一个十分艰深难解的问题。

一时间，八塔镇中学的学生们被这只怪异的灰鹤所吸引。

"北杉，快来看孤鹤！"

"改草也来看!"

最初发现那只孤鹤时,初二(3)班的同学们都这样喊北杉和改草。

于是,北杉和改草就跑出教室,跟同学们一起看那站在杨树上的孤鹤。

同学们这样喊北杉和改草,丛生的心里酸酸的。

在八塔镇,提起丛生没人不知道,因为他爸善于经商,他家便成为八塔镇的首富。因而,在初二(3)班,丛生与别人似乎就有那么点儿不太一样。比如,他可以大把大把地花钱,他可以有那么一点点霸道,他可以在校园里骑摩托车狂奔……

丛生看不惯北杉和改草的交往。

而对于初二(3)班的学生来说,北杉与改草之间的友情是美好的,有些同学甚至把他俩的友谊写进作文里。

北杉和改草住在一个村。他们村离学校很远,他俩就一同上学。很多的时候,他俩一起做作业,一起上街买东西,学习成绩又排在前头……同学们就羡慕他俩。

实际上,北杉和改草的友情真的很纯净。叫北杉的心思有点儿"那个"的,是天馨。

天馨是班里最漂亮的女孩。

半年前,北杉曾给天馨写过字条,约她去北林场看枫林遭到拒绝。当然,这件事谁也不知道。

不过,从那时起,北杉觉得天馨异常陌生。在北杉的潜意识里,天馨始终是以美丽女孩的那种特有的目光在看他。如同天馨站在岗子上，手捧一束野菊花，在看岗子下正在摸鱼或抄作业的他。那目光是从上面流下来的，如清澈的河水，冲走了北杉很多东西。那些东西有的漂浮远去，叫北杉很难过。而留下来的却坚硬无比，有如石头，碰一碰就能冒出火星。

2

丛生却在不断地寻找机会接近天馨。

十三四岁的孩子尽管叫人捉摸不透，可他们玩的很多把戏却是相同的。

在北杉给天馨写字条后不久，丛生以同样的方式约请了天馨。只是丛生选定的地点不是北林场的枫林，而是八塔镇里的一家饭店。

北杉"约会"天馨的那件事，如蓝天上滑过的雁阵，又如碧水里游过的一群小鱼。现在，大雁和小鱼都已远去，蓝天碧水依然那么洁净清纯，没有一丝痕迹。

而丛生"约会"天馨，却不是那么回事了。

这次"约会"，丛生酝酿了很久。而且，他对这次"约会"信心十足。

一天，临近放学，丛生把准备好的字条递给了天馨。还没等天馨作何反应，他转身就走了，到他指定的"满天星"饭店去了。

"满天星"是八塔镇最好的饭店。

天馨去追丛生，想把字条悄悄地还给他。可丛生已经走远。这时，天已很晚，天馨就把字条交给魏天天，叫他到"满天星"饭店把字条还给丛生。

魏天天误认为这张字条是天馨写给丛生的，就为丛生高兴、为丛生激动。高兴和激动过后，他甚至对丛生有了一点点忌妒。

那张字条叠的是鹤形，是看了会叫人联想很多动人故事的鹤形。它是丛生演练了多少次才完成的作品。

由于有这只纸鹤在衣兜里，魏天天走路有些慌张。他不住地打量四周，好像有猎人潜伏在哪里或纸鹤看好了去处自己会马上飞掉。于是，他严严地捂着藏有纸鹤的那个衣兜。

这样慌张地走了一阵，魏天天确定没有潜伏的猎人，纸鹤本也安分，心情就放松下来。之后，有一个大胆的想法悄然爬上他的心头——看看字条里写的是什么！

此时，魏天天觉得他是世界上最最富有最最幸福的人。

而当魏天天从衣兜里拿出这只纸鹤，就要拆开时，他忽然觉得自己独享这份幸福未免有点儿自私，再说，拆了这只纸鹤魏天天并无复原它的把握。于是，魏天天停下手，找来一些同学。

比起魏天天来，他找来的那些同学对这只纸鹤似乎有更大的兴趣。见了这只纸鹤，他们都双眼熠熠生辉。

平心而论，在这些男孩子的潜意识里，也都似曾盼望过或正在盼望着得到这样的字条或女同学所能表示感情的东西。

"谁来拆开它？"一个同学已等不及了。

"谁来拆开它?"又有人喊。

他们喊着,却面面相觑,谁也不肯动手。

"拆开后要能复原!"魏天天提醒大家。

秋阳下,这只纸鹤显得美丽而神秘。面对它,这群男孩子忽然又有了几分神圣感,怕弄不好这只纸鹤会乘清风飘去不再复还。

一双双眼睛都看着这只纸鹤,谁也不肯贸然动手。最后,一个被公认为心灵手巧的同学在大家的怂恿、鼓励、唆使下,十二分惬意又十二分不情愿地承担了这一重任。

他们本想知道天馨对丛生说些什么,而纸鹤显现给他们的却完全是另一种结果!

是丛生写给天馨的!

丛生写给天馨的远不是一张简单的约请字条,它完全算得上是一封内容丰富的信函!里面有丛生的想法、希望,更多的是丛生从书本上抄来的一些所谓最美丽最动人的词句。那些想法、希望和词句叫这群男孩子怦然心跳。

"快叠起来!"一个同学忽然喊道。

在场的男孩子被这喊声从遥远的地方拉回,也都跟着喊道:"快叠起来!快叠起来!"

叠好纸鹤,那些男孩子心里酸酸的。他们为丛生害羞,为丛生难过;隐隐地,又敬佩丛生。

同学们散去,剩下魏天天自己。他手托这只被拆过的纸鹤,懊悔不已,觉得自己做了一件最不应该做的事情。

3

在这以后的几天里，丛生显得非常安分。他常常躲在一边看着同学们，目光软软的，像是害怕目光碰破同学们什么东西似的。同学们也在有意回避着丛生的目光。而当丛生不再留意同学们时，同学们又忽地一下把目光落在他身上，那目光是很有意味的。

十三四岁的男孩子心里是盛不住东西的，特别像"字条"这类大家都乐于做却又不敢做、有些难为情却又十分具有诱惑力的事情。

因为"纸鹤"是丛生的作品，同学们（主要是男同学）尽力不去想它。这样，"纸鹤"事件似乎被他们淡忘了，似乎那件事根本就不曾发生，或发生了他们也不知道。

事过几日，见同学们并无异样反应，丛生就恢复了以往的样子，又开始与同学们打闹，与同学们玩耍，依然无所顾忌。

实际上，"纸鹤"事件并没有走开。它似乎是只小鹿，只是一时玩累了，躺在同学们的心里稍事休息。不知什么时候，有一束阳光或一滴露珠落在了它的眼睛上，它就忽地醒来，忽地跳起，忽地顽皮一撞……同学们的心就一忽悠。"纸鹤"事件还是那么新鲜那么好玩那么有趣！

一天，丛生与武三立开玩笑。以往的武三立十分老实，谁跟他闹都不还口。也许是今天丛生闹过了头，也许是因为别的，总之，以往十分老实的武三立忽然变得不好惹了。

"可耻!"武三立迎面甩给丛生这两个字。

武三立是那天被魏天天约请者之一,他知道纸鹤的内容。丛生就要遭到致命一击,可他并没看出事情发展的趋势,又接着用难听的话说武三立。

武三立并没理他。等丛生说完,武三立走上讲台,做出捧着一张纸的样子,像朗读课文似的"读"道:

"满天星酒店真大。八个幌,二十张桌,我在靠窗的那张桌等你……"

这是丛生写给天馨字条上的话。

"靠窗的那张桌……"武三立"读"得十分投入。

同学们听着武三立的"朗读",先是一愣,然后,他们像一群被捂了很久的马蜂,一下子炸了窝,"哄"的一声笑开了。他们忘了丛生,忘了丛生的威严,忘了丛生的尴尬……只觉得好玩有趣,只觉得刺激过瘾。

"满天星酒店真大!"

"八个幌!"

"二十张桌!"

"我在靠窗的那张桌等你!"

同学们喊着,像表演对口快板那样,你一句他一句,越喊越起劲儿。

这时,丛生的脸已经白了。他痛苦地站起身,走到讲台前,照武三立就是一脚。只这一脚,武三立就被踢下讲台,趴在地上不动了。

丛生又一个箭步跟上去，一脚踩住武三立：

"谁再说满天星八个幌什么的，就是这样！"

4

这些日子，丛生总是气鼓鼓的样子，好像对谁都憎恨，对什么都不满。

丛生首先把这憎恨与不满撒在了魏天天的身上。有一天，他竟无缘无故地踢了魏天天一顿，把魏天天踢到校园一角嘤嘤地哭了半天。然后，丛生就把这憎恨与不满送给了操场边杨树上的那只孤鹤。

那只孤鹤在八塔镇中学已住了很久，并且看不出它有离开的迹象。

孤鹤待在操场边的杨树上。它有时像一位正在思考深刻道理的哲人，对着空洞的天空一待就是半天；有时像一位慈善家，用同情的目光俯视八塔镇中学这些莘莘学子；有时像一位仙人，展开双翅，在八塔镇中学的上空独来独往；有时又像一位舞蹈家，迈出一两步很像样子的舞步……总之，在这只孤鹤的身上，谁也看不出半点儿孤独与寂寞。

这只孤鹤大概是与八塔镇中学的学生们混熟了，有时它竟飞下杨树，站在房脊上、单杠上或者篮球架上……看着学生们。它似乎对上操、跑步、做游戏……都感兴趣；看着看着，竟一时忘了自己的身份，一点儿一点儿靠近，几乎要挤进学生的行列。

对这位长着羽毛的朋友，八塔镇中学的学生们给予的是友好。这样，这只孤鹤在八塔镇中学就处在一种十分悠闲、十分宁静而又十分顺心如意的状态之中。

可是，有一天，孤鹤忽然遭到了袭击。

这一袭击叫孤鹤把丛生从众多的八塔镇中学的学生中区别开来。

"孤鹤！该死的孤鹤！"

丛生站在杨树下，开始对孤鹤叫板，并由此拉开与孤鹤作战的序幕。

孤鹤似乎并没有听到丛生的喊声，或者听到了也没意识到这是有人在对它宣战。此时的孤鹤正仰视苍穹，以哲人的姿态做思考状。

"孤鹤！你这该死的孤鹤！"丛生再次对孤鹤大喊。

然而，孤鹤依然以哲人的姿态仰视苍穹。

孤鹤的轻蔑态度（丛生认为孤鹤对他持轻蔑态度）使丛生感到莫大的耻辱。丛生气愤地想，纸上谈兵已不能震慑对方！于是，他便拾起一块石头朝孤鹤投去，与孤鹤进行了实质性的对话。

忽然遭到来自地面的一击，正在仰视苍穹思考问题的孤鹤一惊，急忙拉回思绪应付眼前发生的问题。

看着气愤已极的丛生，孤鹤不知道哪里得罪了这个少年或自己做错了什么事而触犯了哪条禁律。

孤鹤用不解的目光定定地看着丛生。

"你还看我！"

孤鹤与他对视，更加激起了丛生的愤怒，便又拾起石头，对孤鹤发起连续性的攻击。

直到这时，孤鹤才认识到问题的严重性，思考再三，对这个正在火头上的少年采取了"走为上"的策略，跳开，落到另一棵树上。

丛生哪肯放过？便追打。孤鹤绕着树飞，尽避丛生锋芒，依旧退避三舍。

同学们劝丛生别与一只鸟斗气，再说，孤鹤也没招惹谁。可此时的丛生已气得不行，谁劝得住！

于是，校园里便经常出现这种场面：丛生两手攥着石头，怒气冲冲地围着树追打孤鹤；孤鹤左藏右躲，从这棵树逃到那棵树，又从那棵树逃回这棵树……

可几天下来，孤鹤却安然无恙，依旧很有耐心地与丛生周旋。倒是丛生丧失了斗志，无心把这场战争继续下去。

丛生想，为什么要与一只鸟过不去呢？于是，他就不再冲孤鹤叫喊，不再围着树追打，不再捡石头朝它扔……丛生单方休战。

可此时的孤鹤却不肯就此罢休。看得出，孤鹤是把与丛生周旋当成一种游戏，并已对它迷恋不能自拔。

此时，孤鹤完全脱去了哲人、慈善家、仙人、舞者的风范，忽然变得调皮好事，如同七八岁的顽童。

而且，通过几天的交往，丛生的形象已完全印入孤鹤的脑中。丛生不再追撵，这反而叫它感到莫名其妙。它寻找丛生，看着他，意思是：我们的事情说完就完了吗？游戏由你开始，你想终结就能终结？没那么简单！

孤鹤看着丛生，等待着事态的发展。可丛生该上课上课，该玩耍玩耍，该做什么做什么，的确已再无把这场游戏做下去的迹象。

孤鹤的耐心是有限的。这样等了两天，孤鹤终于等不下去了。

一天，见丛生走上操场，孤鹤便快速飞过去，从丛生头顶掠过，然后兜一圈儿，以优雅的姿态落回树上。它看着丛生，意思是：我们应该把游戏做下去！

以后的情景是：丛生走进校园或走出校园、在操场上玩耍或与同学并肩在哪儿坐着……都会遭到孤鹤出其不意的袭击。满操场的人，孤鹤会箭一般飞过来，准确找到丛生，在他头上蹬一下，然后又箭一般飞去，落回树上，看着丛生，无事一样。

如此这般，孤鹤一次次激怒丛生，一次次引来丛生追打。

孤鹤乐此不疲。

后来的日子，丛生对孤鹤无计可施。

无疑，在这场与孤鹤的较量中，丛生充当了败者的角色。

5

丛生的脾气越来越坏。进班级，他往往不是用手推门，而是用脚踹。教室前的菊花开得正艳，他会用树条把它们一朵朵抽烂。学习委员送交作业，若是把他的本子放在下面，他会大吵大闹……总之，丛生不放过任何一个可以发泄情绪的机会。

有一天，丛生启动摩托车，踹了几脚启动杆，没打着火，他自己的火却着了。他大骂，骂过一阵，叫魏天天等人给他推车。最后，摩托车启动。他一放油门，摩托车像发了疯的公牛，吼叫着，一下子蹿出很远。

丛生骑着摩托车跑出学校，不一会儿，又跑了回来。

当时正是午休，很多学生都在操场上。

丛生知道同学在看他，所以，他尽力把摩托车开快。此时，积压在他心头多日的气愤、不快似乎一扫而空，取代它们的是兴奋、刺激、得意。

丛生的摩托车一路呼啸，风驰电掣。他的头发飘飞，衣服被风兜得鼓胀起来。

在丛生面前，同学们迎面扑来又忽地退去，忽地退去又迎面扑来……他看不清同学们的面目，看不出同学们的表情。丛生把他们当成了天馨——此时的天馨是一脸的惊叹、一脸的赞许、一脸的钦佩……有这样的天馨来来去去，真叫人激动！

丛生这样跑着，在一个拐弯处稍一疏忽，没有转把，摩托车便直朝操场边的大树冲去……

同学们一齐跑过去。

此时，丛生躺在地上，摩托车远远地摔在一旁。看着围上来的同学，丛生笑了笑："我的车不慢吧？"

可血却从他的手腕汩汩流了下来。

6

那次"飞车"，把丛生摔成腕骨骨折。当他卸掉夹板，回到学校上课时，那只孤鹤已飞走多日。

如同它飞来时一样神秘，谁也不知道灰鹤是什么时候飞走的。

丛生回到学校，观察校园周围的每一棵杨树——他是在寻找那只孤鹤。

当丛生知道孤鹤已飞走多日，目光便忽地一飘，落在地上。他靠着一棵树，无力地把头偏向一边。当他再次抬起头，目光落在空空的树尖上时，眼眶里已蓄满泪水。

其实，丛生是个挺不错的孩子。在他身上，可以找出很多别的孩子所不具备的优点。从内心来讲，丛生渴望获得友谊，如北杉和改草的那种友谊。只是他不知道该怎样去获得。

此时，对友情、真诚、优秀……对一切的一切，丛生已不再抱获得的想法。他甚至有了这种心理：我得不到，你们谁也别想得到，特别是北杉！

7

一天，在放学路上，北杉遇到了丛生。

看样子，丛生在这里已等了很久。他的头发叫秋风吹得像团乱麻，摩托车上落了一层尘土。

丛生从衣兜里掏出两张百元票子。

北杉看着他。

丛生举起那两张百元票子，举得很慢很慢，像是在举一件十分沉重的东西。待举过头顶，他抖了抖。那两张百元票子顿时发出咔咔的响声。

北杉依然看着他。

丛生抖着那两张百元票子，不说话，一直抖着，脸上是一种叫人捉摸不透的微笑。

北杉转身想走。

丛生拦住北杉，脸上的那种笑消失了："北杉，我不知道用这两张票子干啥好，你帮我拿个主意。"

此时，丛生显得十分痛苦。

"这不难——叫上你的朋友去趟饭店。"北杉心平气和。

"吃了，我不忍心。"丛生说。

"带上你的朋友去县城走一趟。"

"那地方，没劲！"

"雪山你没去过，那该是个很不错的地方。"

"太远。"

"送给你哪个朋友？"

"我所有的朋友都不需要钱。"

北杉这样如此认真而诚恳地与丛生对话，也许是看在他太痛苦的原因。北杉想尽快替他把这两张百元票子派上用场。

丛生依然抖着那两张百元票子，抖着抖着，眼睛忽然一亮："北杉，你说把它扔在路上，会不会有人捡？"

亏他想得出来！

说完，丛生诡谲一笑，骑上摩托车，跑了。

8

在孤鹤飞走后的很长一段时间里，北杉始终处在一种十分尴尬的境地之中。

体育课，正在正步走，不知道什么时候，北杉的背上忽然挂上了一张字条。字条上写着"我是小狗，都来逗我"。那字条一扬一扬，在同学们的目光里很是调皮。而北杉却全然不知，背着字条依然迈着正步。见同学们看他哄笑，才觉蹊跷，可丑剧已被他演完。课堂上，北杉的课本不翼而飞是常事，而他的书包里多一两本别人的书也是屡见不鲜。而且，谁的东西没了，会很自然地到北杉的书桌（或书包）里找，如钢笔、橡皮、面包、方便面、女同学的头绳……北杉只得眼巴巴地看着这些物件从他的书桌或书包里被人"请"走，物归原主。

北杉羞愧，气愤，却又无奈。

这一切，都是<u>丛生</u>或他指使别人所为。

<u>丛生</u>在北杉身上做文章，常找些戏叫他演一演。他的目的很明确，直到把北杉弄成一个小丑为止。

9

这是一个多雪的冬天，大雪一场接一场，把苦艾甸盖得严严实实。

这天，在放学回家的路上，北杉看到一只小鸟。它蹲在一丛红柳下，像在与过往的人捉迷藏。北杉走过去，蹲下身看它。这是一只北杉叫不上名的小鸟，它身上干干净净，只是黑黑的脑门儿上调皮地粘着一粒儿雪花。见了北杉，它没有一丝畏惧，那琥珀色的眼睛闪着坦然和好奇。那神态，好像很久以前北杉就是它的好朋友，只是现在这个好朋友的个子高了一点点儿，嘴巴上有了淡淡的茸毛，确切地认出他来需要费一番脑筋。

北杉也看着这只小鸟，觉得它十分好玩和有趣。看着看着，最后北杉竟趴在雪地上与小鸟对视！他似乎是在用这种方式与小鸟交谈。

过了一会儿，北杉忽然意识到，小鸟蹲在这里一定是冻的。于是，北杉急忙爬起来，脱掉手套去捧小鸟。而小鸟却往后退了退，一副不情愿的样子。

北杉几次去捧均告失败，便不得不采取无礼手段，像采蘑菇一样把它抓起来，然后捂在手心。

这只小鸟的确是冻的。捂着它，北杉觉得像在焐一块冰坨。过了一会儿，北杉的手心有了热气，小鸟便显得不太安分了。它拱撞着，从北杉指缝探出脑袋看北杉。

捧着小鸟，北杉忽然听到一阵喊声。

喊声是从一座岗子上传来的。

北杉走上那座岗子。

是丛生举着两张百元票子在喊：

"我把它放在地上，你怎么好意思捡？"

有一群人。北杉不知道丛生在对谁喊。

"你怎么好意思捡人家放在地上的钱？"丛生的喊声像雪片，在甸子上飞扬，"这两张百元票子我可揣了好长时间！"

没有人吱声。

"你说！"丛生的声音又高了很多严厉了很多，"你怎么好意思捡人家放在路上的钱？"

依然没有人吱声。

北杉知道发生了什么事情——丛生在处理秋天他曾抖过的那两张百元票子。但北杉不知道丛生把那两张百元票子扔给了谁。

北杉挤进人群。

改草！是改草！

丛生把那两张百元票子扔给了改草！

看着丛生，北杉真想冲上去打他两拳。可捧着小鸟，周围还有那么多同学，北杉压住了火气。

"丛生，你别喊了。"北杉说。

丛生没理他，还在喊："改草，你为什么捡我扔在地上的钱？"

小鸟不知道雪野上发生了什么事情，从北杉的指缝伸出脑袋，看了看，又惊恐地缩回，回到北杉为它制造的温暖世界。可它心有不甘，过了一会儿又从指缝伸出头来，用探求的目光似乎非要看个究竟。

这时，同学们也都注意到了北杉手里的小鸟，围过来。这样，就把丛生撇在了一边。

再没人听他喊"改草，你为什么捡我扔在地上的二百元钱"，丛生自觉没趣，又干喊两声，骑上摩托车跑了。

10

一张字条，北杉把丛生请到甸子上。

北杉要与丛生打仗，痛痛快快地打一仗，打倒丛生或被丛生打倒都行。

进入八塔镇中学的两年时间，丛生伤害北杉的事情太多了，因此，北杉恨丛生。现在，丛生竟然用二百元钱侮辱改草，这就更加激起北杉的愤恨。

那天，北杉早早来到约定地点。

这是一片开阔的漫岗地。岗子上有两棵高大的榆树。

北杉站在岗子上，看着空旷的四野。

随着一阵突突声，丛生的摩托车冲上岗子，横在北杉跟前。丛生跳下摩托车，叉腿叉腰，傲视一切的样子。

"这真是打仗的好地方。"丛生说。

"没人干扰。"北杉说。

"还有两棵大树。"丛生说，"倒下用不着谁扶——抓着它就能站起来。"

"动手吧，"北杉说，"丛生，动手吧！"

"你先来。"丛生说。

"你先来！"北杉又说。

"你先来！"

丛生还在说"你先来"，可北杉已经等不及了。他不想再这样说下去。在北杉看来，再这样说下去就是无聊。

于是，北杉上前就是一脚。只一脚就把丛生踢倒在地。他刚爬起来又被北杉飞来的一脚踢倒。

爬起来被踢倒，爬起来又被踢倒……丛生的多次努力均告失败。

最后，丛生干脆躺在地上不动了。

北杉收回脚，问他："你为什么处处跟我过不去？"

丛生不吱声。

"你说，为什么？"北杉又问。

丛生还是不吱声。

"你说话！"北衫几乎喊了起来，"你为什么处处跟我过不去？"

"因为你不听我的。"丛生的声音很低。

"我为什么要听你的？"北杉问。

"因为我有钱。"

看着趴在地上的丛生，北杉已觉得无法跟他对话。

走下岗子，北杉听到丛生的喊声："北杉，总有一天你要听我的！"然后是摩托车的吼叫，嗷嗷的，像狼嚎。

北杉知道，丛生已经爬起来了。这样，他便拍去身上的雪，朝前走去。

11

就在这个多雪的冬天，丛生家出事了。

出事那天，本是丛生家大喜的日子。因为他家将要把麻黄草卖掉，又将有大把大把票子流入他家。

秋天，丛生爸用尽积蓄又贷款收购了大量麻黄草。

可是，丛生爸收购的麻黄草变霉了。变霉的麻黄草分文不值。

12

家里出事，丛生没来上学。同学们去看丛生，正赶上人们在拿他家的东西。

那些人是丛生家原来的雇工，丛生家欠着他们的工钱。

此时的丛生，靠墙站着，睁大惊恐的眼睛看着眼前的一切。

"这个给我当工钱！"有人拿一件东西走到丛生爸跟前。

丛生爸点头，签字。

"这个给我当工钱！"又一个人拿一件东西走到丛生爸跟前。

丛生爸点头，签字。

一个人推着丛生的摩托车走到丛生爸跟前，说："这个给我当工钱。"

丛生爸点头，签字。

那天，北杉也去了丛生家。

来八塔镇上学一年多，这是北杉第一次来丛生家。

丛生家的院子有一亩地大小，像八塔镇的街心公园。院子里有风景树、有花坛、有假山……处处显示着豪华与气派。而眼下，它们却被淹没在寒风和人们的讨债声中。

丛生始终靠墙站着，一动不动。

"岗上之战"，丛生对谁也没说过。可北杉看得出，他在积蓄力量。"我会叫你听我的！"北杉耳边时常响起丛生那岗上的喊声。

可现在，怕是丛生再没那份力量叫喊了。

讨债的人们忽然看见站在那里的丛生，喊道："这小子！以前他对我们没少使坏……"喊着，就走过去，而且摩拳擦掌……

这时，天馨、改草、魏天天以及所有在场的初二（3）班的学生都默默地走过去，把丛生围在中间……

北杉远远地站在一旁，看着这一切，泪水簌簌地流了下来。

泪眼里，是一只孤鹤待在一棵杨树上。它像一位正在思考深刻道理的哲人，像一位用同情的目光俯视一切的慈善家，像一位就要一展双翅独来独往的仙人，又像一位随时迈出舞步的舞蹈家……总之，在这只孤鹤的身上，能读出很多很多东西。

一片欧李在燃烧

现在，那个坨子上的欧李复又生机勃勃；要是夏天，欧李熟透的时候，整个坨子会一片鲜红。每当这时，坨子上总有一群群采摘欧李的孩子。

可是，坨子下的那座小屋，那座黑泥小屋，却没有一个孩子肯多看它一眼，更没人问津。

小屋沉寂，小屋屹立。

当孩子们来采摘欧李的时候，一群群红脯雀会从欧李棵子里飞出，落在小屋的顶上，唱着歌，看孩子们怎样采摘。孩子们全然不知。

小屋沉寂，小屋屹立。

谁能知道，小屋后面，有一片欧李在燃烧，在愤怒地燃烧。

1

那是刚刚允许开荒的时候，用村里人的话说："土地是真的属于俺们自己的了。"

人们开荒开疯了，随便找个坨子就开出一片田地。

爸爸出去转了几天，最后说："东坨子的那片欧李地……能长庄稼。"

"爸，那片欧李就毁了！"听了爸爸的话，正在写作业的占信放下铅笔，看着爸爸，"那片欧李……"

"毁片欧李，多个粮仓，值！"爸爸说。

"爸，那片欧李……是大家的呢！是我们大家的，是沙鼠的，还是红脯雀的！那片欧李……"占信还想说下去，"那片欧李……"

可爸爸已经走出屋子，不再听占信的"那片欧李"如何如何。

占信又伏下身子写作业，他没有想到爸爸要去做什么。

走出屋子的爸爸在院子里长吐一口气，找出犁杖，牵来小毛驴套上车，走出村子。

爸爸开荒心切。村里的人们都开了几块荒，可他还一块没开，心情不能不急切。

2

沙原上，坨子白茫茫的，一个紧挨一个，手拉手把人围在中间，叫你怎么看也看不到别的东西。一条小路在坨子间绕来绕去，纤细而又有韧性。

这是一片广袤的沙地，人称"八百里瀚海"。

在这片沙地上，占信只见过几棵树——几棵沙枣树，再就是那片欧李棵子。

在这之前，占信没有见过欧李。去年冬天，占信用几天的时间，在离村子十多里的东坨子找到了那片欧李。那片欧李漫铺在一个沙坨上，有四五亩地大小。远远地，占信扑了过去。尽管它们还在寒风中摇曳，枝条有如一截截铁线，可占信还是扑了过去。

第一次看见欧李，占信太激动了。

离开东坨子，占信跑回村里，对伙伴们说："我找到了一片欧李，满坨子全是！"

说这话的时候，占信觉得自己的声音在发颤。

伙伴们一愣，说："占信你吹牛！"

尽管他们也生长在坨子里，可谁都没有看过欧李。占信的这个消息叫他们很难相信。

"我没吹牛，一片欧李！"占信继续说，"满坨子全是！"

这时，占信似乎已经看到那片欧李开满了雪白的花朵，并结出了红艳的果子。

伙伴们定定地看着占信。

"一大片欧李，满坨子全是！"占信说着，他的胸脯一起一伏，"满坨子全是！"

定定地看了占信好一会儿，有的伙伴口气软了下来。

"占信，是真的吗？"

"我还能骗你们！"占信回答。

紧跟着，有的伙伴问道："占信，告诉我们，那片欧李在哪里？"

"我当然要告诉你们！"占信激动得几乎掉下眼泪。

第二天一早，占信把伙伴们领到东坨子。

看见那片欧李，伙伴们都兴奋地跳了起来。

"占信，这片欧李是你的！"一个伙伴说，"这片欧李是你找到的——这片欧李是你的！"

"这片欧李是你的，占信！"伙伴们紧跟着这样应和。

"不，是咱大家的。这片欧李是咱所有沙乡孩子的！"占信说，"还有沙鼠，还有红脯雀，也是它们的！"

伙伴们紧紧地抱住占信。

占信哭了。

3

走出村子，爸爸一路抽打着小毛驴跑往东坨子。

到了东坨子，走近那片欧李，爸爸卸下小毛驴，套上犁杖。

爸爸把犁铧插进沙地，一棵欧李马上就歪向了一边。小毛驴打着响鼻，似乎很兴奋，看了一眼歪向一边的欧李，煞下腰就要拉犁。爸爸没动，他要让小毛驴稳定稳定情绪。

高举鞭子，举了好一会儿，爸爸才让它落下来。鞭子刚一落下，小毛驴就精神抖擞地走了起来。

开荒！

此时，欧李刚要开花。

犁铧过后，举着一串串花蕾的欧李棵子摇晃着身子倒下了，一棵棵倒下了……怎么努力也站不起来了。

等占信赶到东坨子，荒地已经开完。欧李棵子像小山一样堆在地边。

占信站在小山一样的欧李棵旁。

一群黑点儿从天空掠过，那是红脯雀。欧李棵子里有它们的窝巢，有它们的家。

占信仰脸看着天空。

红脯雀飞过来又飞过去，急切地叫着，在那堆欧李棵子上面打旋。

泪水顺占信的脸颊悄悄地流了下来。

"占信，这片地好啊！"爸爸对占信说。

占信没吱声。

"这片欧李棵子长得旺盛！"爸爸说。

占信还是没有吱声。

"这些欧李根子扎得深呢！"爸爸又说。

占信依然没有吱声。

小毛驴站在地边，此时已不再精神抖擞。它低着头只顾喘气，显出一副辛苦和疲乏的样子。

"占信……"爸爸还想对占信说"这片地好"。

"爸，这片欧李是大家的呀，是大家的！"占信说话了，"包括地上的沙鼠，还有天空上那群盘旋的红脯雀！"

"这片地好……"爸爸只顾低头自言自语。

占信的脸始终仰着。

4

自从爸爸毁掉那片欧李，占信就不再愿意见村上的伙伴。多少天，上学放学的路上，占信总是远远地落在伙伴们的后面。

"找欧李去喽！"

星期天的早晨，街上响起了伙伴们的喊声。

随着喊声，伙伴们来到村头，占信也跑来了。

找欧李去！

没有人提及东坨子的那片欧李，占信对伙伴们充满感激，因此，他就跑在前头。

他们走了多远？不知道；走了多长时间，也不知道。反正所有人的脚已经不再愿意抬起，反正太阳已经挂在了他们的头顶上。

大伙坐下来吃饭。

这时，占信才知道自己没带吃的，还有两个伙伴也没带。

大伙把馅饼、馒头、咸菜腌肉……不住地往那两个伙伴的手里塞。

没人看占信一眼。

占信坐在一边，他意识到了什么。

伙伴们吃得真香啊！

占信站起身，没人看他；占信后退几步，也没人看他。占信后退几步之后又无力地坐下。

没有人看占信一眼。

伙伴们是什么时候吃完的？占信不知道；伙伴们是什么时候离开这里的，占信也不知道；自己是怎样站起来又是怎样走回家的，占信同样不知道。

那天，伙伴们找到欧李了吗？没有人告诉占信。

5

那片地的确是一片好地。

爸爸撒下种子，小苗很快钻了出来，而且棵棵长得壮实。

"占信，你去东坨子看看，那里的苗长得好呢！"爸爸对占信说。

占信不想去看，那里本来是一片欧李啊！

"春天很快就过去，跟着夏天就来了，然后就是秋天。"爸爸说，"只要肯往那片地里洒汗水就行。"

占信没有吱声。

"我有的是汗水!"爸爸说,"我会好好侍弄那片地……"

"爸,你别说了!"占信再也忍不住,喊了起来,"你别再说了!"

爸爸愣了一下。

6

当小苗长到一拃高的时候,沙原上刮了一场风。风紧一阵慢一阵地刮了两天。

风刚一停下来,爸爸就往东坨子跑。跑到东坨子,爸爸呆住了。小苗呢?没有了。那片地呢?没有了。那片长满小苗的土地呢?也没有了,什么都没有了。四周白茫茫的,就连那个沙坨子也变了形状。

爸爸环顾四周,的确,这里就是那个曾经长满欧李的坨子——他开过的荒地。可是,一场风过后,现在什么都没有了。

爸爸慢慢蹲下身,两手抱着脑袋。

不知道过了多长时间,爸爸觉得身后有人。

爸爸没有回头,他知道是占信。

"爸,按季节,欧李该开花了吧?欧李开白花吧?听说,欧李开花,满坨子就像铺上一层雪,一层洁白洁白的雪。"占信的声音很低,"我没看见过。爸,你告诉我,是那样吗?"

"占信……"爸爸低下了头。

"爸，欧李是红色的。"占信接着说，"欧李熟了，满坨子可像一片燃烧的火焰？"

"占信……"爸爸的头又低下了许多。

"爸……你告诉我！"

爸爸没有吱声。

"爸，你告诉我啊！"

爸爸还是没有吱声。

"爸……你要告诉我！"占信接着问，"欧李熟了，满坨子可像一片火焰，一片燃烧的火焰？"

沉默。

"伙伴们都不理你了？"过了半天，爸爸这样问占信。

占信不吱声。

"伙伴们都不用正眼看你了？"爸爸又问。

占信还是不吱声。

"上学放学就你自己走？"爸爸接着问。

占信依然不吱声。

"占信，爸爸要给你找一片欧李！"爸爸抬起头，忽地站了起来。

听了爸爸的这些话，占信哭了。

"那还是这片欧李吗？"占信问。

"反正爸爸一定要给你找一片欧李！"爸爸围着占信走来走去，显得十分激动，"给你找一片！"

"爸……那还是这片欧李吗……不用找了。这片地好呢！"

占信擦去泪水说，"这片地好……"

7

一连几天，爸爸没有看着占信。爸爸觉得似乎要发生什么事情，就来到了东坨子。

远远地，爸爸看到东坨子下有一个小点儿。走近后，爸爸看清了，那是一座小屋。

小屋用沙土垒成。

成群的沙坨向远处涌去，涌去……忽又折回，从四面八方挤来，似乎要把小屋挤变形状。

可是，小屋挺立；小屋很坚固。

爸爸走近小屋，没有看见占信。他喊了几声，也没有得到回应。不过，爸爸从小屋前立着的那把铁锹断定，这座小屋是占信垒的。

四周一片沉寂。

爸爸急忙寻找起来，没有找到占信。

在小屋前，爸爸找到了一棵欧李。那棵欧李向他摇动着，举着一串花朵，向他摇动着。

距离那棵欧李不远，有两个小坑。小坑里刚刚浇过水，像是在等待着什么。

爸爸走过去，在那棵欧李旁坐下，等占信回来。

一群红脯雀从头顶飞过。

坐了一会儿，爸爸想起身后的小屋。他回头看一眼，心想，该用泥抹一抹小屋了，最好用黑土泥抹。对，就用黑土泥抹一抹！

这样想过之后，爸爸就站起身动手干了起来。

用黑土泥抹过，小屋变得更加挺立，也更加坚固了。

做完这件事情，爸爸重又在那棵欧李旁坐下，看那串摇动的花朵。

那串花朵不停地摇动。

爸爸就那样坐着，一动不动。

时间似乎是凝固了，又似乎是在哗哗地快速流淌。

四周依然一片沉寂。

忽然，远处好像传来一种声音，的确传来一种声音。是脚步声。是谁在坨子里走？来来回回地走，他在做什么？爸爸没有去看。脚步声忽远忽近，忽大忽小，忽高忽低……听得出，那个人是在急于寻找什么。爸爸没有去管它。

那串摇动的欧李花叫爸爸顾不得其他。

在那样一阵阵脚步声中，爸爸眼前的那串花朵慢慢地结出一串串欧李，又结出一串串欧李，再结出一串串欧李……继而结出一片欧李，一大片欧李。

那是一大片一大片熟透的欧李呀！

一大片一大片火红火红的欧李跳跃着，跳跃着……不断地发出噼噼啪啪的响声。

它们是在燃烧，在愤怒地燃烧。

青杨树上的红纱巾

1

天还没有亮透，四周都模糊着。

有亮站在院子里，紧紧地抱着书包，努力睁大眼睛看爸爸往小毛驴车上收拾东西。

爸爸走来走去，像一只飞翔在浓雾里的大鸟，又像一条游动在混水里的大鱼，叫有亮只能看出他的大致轮廓。

收拾完东西，爸爸对有亮说："有亮，上车吧！"

有亮迟疑一下，他想对爸爸说等一会儿再走。他还没跟秀慧告别。

昨天晚上，秀慧一听有亮跟爸爸去看甸子就哭了。秀慧说："你去看甸子就不能给我抓蝴蝶，不能给我抓蜻蜓，也不能带我去馒头山了……还有，咱俩更不能在一起跳拐子了。"有亮说：

"怎么不能？我会回来的！""什么时候回来？你明天回不来，后天也回不来。"秀慧说着说着又哭了起来。"你哭我更心慌。"有亮说，"别哭了，你送给我一样东西吧。在甸子上，看到它我就想起你了。"秀慧抹去眼泪，说："你要什么东西都行！"有亮说："把那条纱巾送给我吧。"那是一条水红色纱巾，只因为给有亮带饭用它包饭盒，秀慧才不忍往头上系了。

"上车吧，有亮！"

爸爸的声音提高了很多，也严厉了很多。他没让有亮说"等一会儿再走"。

有亮知道爸爸不会让他"等一会儿再走了"，就抓住车后沿儿，吃力地爬上毛驴车。

妈妈走了，有亮什么事情都要听爸爸的。

爸爸一摇鞭子，小毛驴车就跑出了院子。

叫有亮没有想到的是，在小毛驴车接近村口的时候，秀慧从后面追了上来。

"有亮！"秀慧边跑边喊。

有亮回头看着秀慧，要往车下跳。

"干什么？"爸爸一把摁住有亮。

"我要跟秀慧告别。"有亮说。

"小孩子也要告别？"爸爸狠狠地摇了摇鞭子，"小孩子也要告别，真是的！"

"有亮！"

秀慧不知道有亮在跟爸爸说什么，依然努力地跑着。

"秀慧，你别哭！"有亮猜想秀慧一定是哭了，"咱俩这样就算告别了！"

"我没哭！"秀慧回答，"这样怎能算是告别呢？"

"这样真的就算告别了！"

有亮喊着，从书包里掏出秀慧送给他的那条水红色纱巾，举起来用力抖动。

爸爸又狠狠地摇了摇鞭子，小毛驴车跑得更快了。

秀慧距离小毛驴车越来越远了。

"有亮，以后我去看你！"秀慧撵不上毛驴车，最终站住了，朝有亮挥舞双手。

"我在甸子上等你！"

这样喊着，有亮的眼前一下子模糊起来。

爸爸摇晃着鞭子，不住地抽打小毛驴。

毛驴车的辐条带着风声，像在竭力撕扯着什么。

有亮抹去泪水，回头看着。

秀慧变小了，村子变小了。渐渐地，秀慧和村子在有亮的眼里彻底消失了。

失去了秀慧和村子的牵挂，小毛驴车轻快地跑着。

太阳已经偏西，小毛驴车还是那样轻快地跑着。

离开了秀慧，离开了村子，离开了所有的伙伴和学校……有亮的眼里空空的没了内容。

小毛驴车跑着，就这样轻快地跑着，不知道爸爸叫它在哪里停下。

甸子上空空旷旷，叫有亮的目光始终没有落处。

幸好，远处出现了一棵青杨树。

2

几天以后，那棵青杨树下便戳起了一座土堡小屋。

有亮甸子上的生活开始了。

爸爸去看甸子，把土堡小屋留给有亮自己。

开始，送走爸爸，有亮只是坐在土堡小屋前愣愣地待着。后来，有亮便看地平线上的云，看空中的鸟，看从脚下涌向远处的草浪……一天一天，有亮就这样坐在那里看。不知道是哪一天，不知道是什么时候，秀慧忽然站在了有亮的对面。"你说来看我，真的来了！"有亮一下拉住秀慧的手。"那还有假？"秀慧说，"我说来看你就来看你！"秀慧来了，有亮当然要给她抓蝴蝶，抓蜻蜓，然后带她去馒头山。这里有馒头山吗？有亮有些恍惚，这里是甸子，又不是村里。可是，有亮又一想，应该有吧？村子里有馒头山，甸子上也应该有馒头山。馒头山离村子三里路，离土堡小屋也应该有三里路。在村里，只有有亮带着秀慧才敢去馒头山，在这里也要由有亮带她去。因为馒头山的形状像馒头，有亮就叫它馒头山了。这个山名是秀慧他俩的秘密，没有告诉任何人。和村里的那座馒头山一样，这里的馒头山上也满是野花。按照以往的做法，有亮摘一朵红色的野花插在秀慧的头上。戴着那朵野花，秀慧开始唱歌。秀慧唱啊唱啊，一直唱到有亮不想听为止。而这次不同从前，是秀慧把有亮从梦中唱醒的。原来，看着眼前的云和鸟，看着从脚下涌向远处的草浪……看着看着，有亮就睡着了，秀慧走进了他的梦里。

四周的风唿唿作响，不大，可扯天扯地地漫过来漫过去。甸子上有些凄清。

怎么能让秀慧来这里呢？梦里也不应该让她来这里啊！有亮摇摇头，想忘掉这个梦，忘掉秀慧。

以后再也不许做这样的梦了！有亮对自己下着保证。

可是，很长时间过去了，这个梦还总是在有亮的眼前飘来飘去。

怎么办呢？让我做一件事情来忘掉那个梦吧！有亮这样想着，便开始找事情做了。

做什么事情呢？抓蚂蚱吧！有亮想。在村里时，秀慧喜欢叫有亮帮她抓蚂蚱。秀慧爱抓扁担勾（当地人对一种蚂蚱的俗称），抓住了，就捏着它的后腿唱"扁担扁担勾，你挑水，我馇粥"。现在，这里只是有亮一个人。有亮便抓长着红翅膀的沙沙虫（也是当地人对一种蚂蚱的俗称）。沙沙虫能跳又能飞，但遇到有亮就能跳也没用能飞也没用啦！有亮把它们抓来，系在一条线绳上，拴进蒿草棵里。那些被羁绊的沙沙虫显得十分愤怒。它们努力飞蹿，展开的翅膀像一朵朵红花，把周围的蒿草映得通红。这样过了好长时间，它们还是没有半点儿懈怠的意思。有亮蹲在一边看着，心里好像有什么东西在涌动。之后，有亮就把它们放掉，看它们一个一个钻进蒿草丛里。

放跑沙沙虫，有亮的心里便空落落的。他开始在甸子上走，想在空空旷旷的甸子上找点儿新的东西。一天、两天、三天……找了很长很长时间也没有新的发现，有亮就又回到土堡小屋，找出作业本完成功课。

阳光从土堡小屋瓮口大小的窗户钻进来，落在有亮的作业本上，贴上了一样，让有亮写的字一跳一跳，要飞走似的。

甸子上一片沉寂。

有亮很想找个人说说话，可这里没有人，一个人也没有。憋闷久了，有亮就躺在草丛里看云朵。云朵知道有亮的心情，就变换样子叫有亮看。当然了，它们也知道有亮爱看什么。云朵变成一个小孩背着书包走在上学的路上，而那个背着书包走在上学路上的小孩如同有分身术一样，转眼之间变成了一群小孩；那群小孩做什么呢？当然是凑在一起写作业；小孩当够了，云朵就变成一匹马、一群马、一群向前奔跑的马……看着看着，泪水就从有亮的脸颊流了下来。有亮自己都觉得奇怪——我没哭，可泪水怎么流下来了呢？

这是苦艾甸的深处，本来很少有人来，现在又被五奎叔承包着，不许放牧，就更没有人来了。

有一天——这一天对于有亮来说真是不同一般——从远处忽然走来一辆马车，马车上坐着一个小女孩。有亮激动极了，他跳起来跑出屋，可马车已经跑过土堡小屋。

有亮站在那里，看那辆马车走远，渐渐走远……一直走进甸子边沿的白云里。

3

当然了，爸爸是经常回村子的。

每次爸爸从村里回来有亮总是问这问那。

爸爸支支吾吾，他知道有亮的想法。

有一天，爸爸酒喝多了，就对有亮说："有亮，哪天爸爸带你回村里走一趟！"

听了这话，有亮一下子愣住了。他呆呆地看着爸爸——这个好消息来得太突然了！

有亮多长时间没回村里了？有亮自己记不清了，爸爸记不清了，村里人也记不清了。

倒是爸爸经常回到村里，因为他要买米面油盐，买酒买肉，还要会朋友。

爸爸回去买米面油盐买酒买肉会朋友，村里人见了他都叫他回村里，叫有亮回村里；村里人说住在甸子上闷得慌，说有亮还得上学。而爸爸有他自己的想法。他想，闷得慌是闷得慌，可闷得慌换来的是一张一张咔咔响的票子；至于有亮上学嘛，他还小，耽误几个月算不了啥，等割完草就回村里叫有亮接着上学。

不知道过了多长时间，爸爸终于兑现他对有亮的承诺。一天，爸爸套上毛驴车，对有亮说：

"有亮，上车吧！爸爸答应过的，带你回村里走一趟！"

"是吗？"有亮愣了好一会儿，然后说，"爸爸要带我回村吗？爸爸真好！"

"爸爸还不好？"爸爸说，"世界上有哪个爸爸不好？真是的！"

"带上书包吗？"有亮问爸爸。

"带书包干什么呢？"爸爸已经坐在了车上，"又不是去上学！"

"是啊，爸爸带我回村里！"有亮觉得说错话了，急忙自我纠正，"带书包干什么呢？"

由于激动，有亮老半天才爬上毛驴车。

太阳刚刚露出一半，蒿草梢尖上的露珠闪闪烁烁。

坐在小毛驴车上，有亮回头看着土堡小屋和那棵青杨树。土堡小屋变小了，低矮地趴在那里，可那棵青杨树还挺拔地站立着。有亮想，走出多远都能看见那棵青杨树。小毛驴车走过，留下两道暗绿色的车辙。两道暗绿色的车辙像绳子，拴着那棵青杨树——小毛驴车似乎在拖着它走。这样一来，不是把那棵青杨树拖进村里了吗？有亮想。把青杨树拖进村里，该把它放在哪里呢？有亮接着想，当然要把它放在秀慧家门口，叫它每天都能看见秀慧！想到秀慧看到家门口忽然长出一棵青杨树，想到秀慧惊喜地拍着手欢呼的样子，有亮乐了。

正值夏天，甸子上的蒿草绿得发黑；和蒿草一样，天也绿得发黑，上下一映，甸子成了一片绿蒙蒙的世界。小毛驴车前后左右不时有大爪爪鸟或沙百灵飞起，蹿入高空，洒下一串串鸣声。它们的鸣声也变成了绿色。此时的苦艾甸上到处都绿得发黑；只有太阳是红色的，像个熟透的欧李，它鲜艳而润泽。

小毛驴车就走在这绿蒙蒙的草地和鲜艳润泽的太阳下。

看着绿色的甸子和鲜艳润泽的太阳，有亮想象着见到秀慧的情景。见到秀慧，第一句话该说什么呢？有亮问自己。不能说"我想你了"。有亮这样告诫自己。那么，不说"我想你了"该说什么呢？有亮想啊想啊，想了半天，想出好多好多话都被自己一一否定。最后，他觉得还是说"我回来了"好。对，就说"我回来了"！有亮对自己说。想好了见到秀慧说的第一句话，有亮跳下车，摘来一朵红色的野花。他准备把这朵红色的野花送给秀慧。当然不能当着大家的面送，有亮要把秀慧叫到一边，悄悄地给她插在头上……

有亮这样想着，就觉得小毛驴车走得有些慢。

"村子还有多远，爸？"有亮仰起脸问爸爸。

"远着呢。"爸爸说。

陈年的蒿子秆儿击打着小毛驴车的辐条，发出清脆的响声。

"爸，村子还远着吗？"过了一会儿，有亮又问爸爸。

"还远着。"爸爸回答。

太阳升高了，变白了，银币一样悬在头顶上。甸子再不是绿蒙蒙的世界了，它到处都是白花花的阳光。草披散下叶子，这里那里，甸子上不时露出一块块石头，白森森的，刺人眼睛。

不知道小毛驴车走了多久，有亮又问爸爸：

"爸，村子还有多远？"

"远着呢！"

爸爸的声调没有一点儿变化。

"村子还远着吗？"

"还远着。"

有亮一次次这样问，爸爸一次次这样回答。

小毛驴机械地迈动着步子。渐渐地，甸子失去了诱惑，有亮的脑袋木木的。等走近村子，有亮竟然睡着了！

当有亮醒来的时候，毛驴车已经走出村子，走在返回甸子的路上。西斜的太阳照在毛驴车厢里的一刀猪肉和一壶酒上。

"爸……这是……"有亮忽地坐了起来，揉着眼睛看四周的一切，"我们这是走在哪里？"

"走在甸子上。"爸爸回答。

"村子还远着吗？"有亮问。

"还远着。"爸爸回答。

"怎么还远着呢？都走一天了。"有亮说。

"到过村里了。"爸爸说，"现在，村子在咱们身后呢。"

"爸……"有亮回头看着。

"咱们进了村子，可你睡着了。"爸爸说。

"爸，进了村子，你咋不叫醒我呢？"有亮喊了起来。

"我忙着呢！"爸爸说，"买米面油盐，买酒买肉，还得会朋友……我忙着呢！"

"爸，再忙你也应该叫醒我啊！"有亮喊道。

"我忙着……"爸爸接着说，"买米面油盐，买酒买肉，还得会朋友……"

"爸，再忙你也应该叫醒我！"有亮接着喊。

喊着，两行泪水顺有亮的脸颊悄悄地流了下来。

"爸，再忙你也应该叫醒我！"此时，有亮的喊声已不那么高亢。

爸爸不再吱声。

有亮拿起早晨摘下的那朵红色的野花。此时，它已经被彻底晒干，看不出什么颜色什么样子。

"爸，再忙你也应该叫醒我！"有亮提起精神，再次喊道。

爸爸依然不再吱声。

"爸，再忙你也应该叫醒我！"有亮不断地这样大喊。

爸爸摇晃着鞭子，小毛驴车在稠乎乎的暮色中走近青杨树，走近土堡小屋。

4

夏天就这样过去了，秋天悄无声息地来到了苦艾甸上。

有亮觉得，秋天是从那棵青杨树的梢尖上走来的。几天里，它黄了两片叶子，又黄了两片叶子，黄了几个两片叶子之后，忽然穿上了红色的衣衫。紧跟着，甸子上的蒿草就成片成片地黄了红了。

这一天，甸子上忽然来了一群人——他们是五奎叔雇来打草的。

这是有亮盼望已久的事情——打了草他就回村了，就和秀慧一起玩一起上学了！

"大叔，三两天就能把草打完吧？"看着那个磨钐镰的人，有亮这样问。

"嗬，小伙子，你说得倒轻巧！"那个磨钐镰的人抬头看了看有亮，又看了看无边无际的甸子，"这可不像你抹一把鼻涕那么容易！"

是啊，这么大一片甸子的草，三两天怎么能打完呢？

有亮知道自己说错了，觉得不好意思。他摸了摸自己的脑袋，走开了。

不过，再大的甸子再多的草终归是要被打完的！有亮想。

这样想着，有亮就走近另外一个磨钐镰的人，对他说：

"你们的钐镰真大！"

"大吗？"那个磨钐镰的人依然磨着钐镰，没有抬头。

"真大！"

说着"真大"的时候，有亮对那些钐镰忽然充满了感激之情。

实事求是地说，那群人打净甸子上的草并不比有亮抹去一把鼻涕难到哪里去。

只用几天的时间，那群人就把苦艾甸上的草打得没有啥了。

这时，运草车就来了。有时一次来两三辆，有时一次来五六辆，有时更多。它们装完草急忙忙地走了，像是害怕被留下似的。

草打完了，也运完了。打草人走了，运草车也不再来了。喧闹多日的甸子一下子静了下来。

天上没有一朵云彩，空洞得很。清风咝咝地走来，又咝咝地走去，把几堆没有运走的草翻来摆去。

有亮时常把目光放在远处，他仿佛看到了秀慧。爸爸说过，打完草就回村里。

可是，有亮的盼望再一次落空。

爸爸忽然决定今冬不回村子，给五奎看过甸子，他要继续留在甸子上给五奎放羊。

前两天，在村里喝酒的时候，爸爸跟人们再次阐明了自己的观点："住在甸子上闷得慌是闷得慌，可闷得慌换来的是一张一张咔咔响的票子！至于有亮上学嘛，他还小，再耽误几个月算不了啥。等开春五奎把羊入圈我就把有亮带回村里叫他接着上学。"

苦艾甸上的风大。几株躲过钐镰的蒿草起起伏伏，拉着呼哨。不知道小鸟藏到了什么地方，难得听到它们的叫声。

躲在土堡小屋里，听那几株蒿草在风中拉出的呼哨，寻找小鸟的叫声，是有亮一天要做的主要事情。

一天、两天、三天……天天如此。

不过，有亮的生活终于有了新的内容。

有亮趴在瓮口大小的窗前朝外看。看什么呢？当然是看土堡小屋前的大道——夏天，大道上跑过一辆马车，马车上坐着一个小姑娘——有亮记得清楚。

那样远的大道，小窗只截下丈八长那么一段。有亮看得十分专注。

现在，有亮最盼望的是大道上能有一个人。有亮要请那个人替他捎一封信。

这些天来，有亮手里一直捏着一封信，一封写给秀慧的信。

信写好八九天了，也许是写好十几天二十几天了，已经被有亮抚摸得有了毛边儿。他有好多好多话要对秀慧说，可铅笔就有一小截，纸也就这么一张了，容不得有亮写很多话。

> 甸子真大！
> 秀慧，你快来吧！这里旧（就）我自己。

写着写着，有亮就哭了。哭了一阵，有亮抹去泪水，接着写：

> 爸爸不答（搭）里（理）我，旧（就）你是我的
> 亲人了。秀慧，你快来吧！

信写好了，有亮看了好多遍，最后叠起来，捏在手里，睡觉也捏在手里——等路过这里的人捎给秀慧。

有一天，土堡小屋前的大道上终于出现了一个人。

有亮一下子跳起来，跑出屋，绊绊磕磕地跑到那个人跟前。

"你好！你给我捎封信，行吗？"

因为又紧张又兴奋，有亮说话一顿一顿的。

"捎信？"那个人疑惑地看着有亮。

"捎信！"有亮眼里闪烁着光芒，"给我捎一封信，行吗？"

"好吧！"那个人看了有亮一会儿，忽然笑了，"不过，我要问你，把信捎给谁呢？"

"当然是秀慧了！"有亮说。

"秀慧？"那个人依然笑着。

"秀慧！"有亮说，"秀慧是我的同学，你不会不认识吧？"

"认识，当然认识……"那个人不再笑了。

"把信捎给秀慧。"有亮把信递过去，"她会好好感谢你的。"

看那个人接过信，再把信揣进衣兜，有亮才放心地撤回目光。

5

把信捎走几天了？一天、两天、三天……开始，有亮记着天数，可后来就记不清了。有亮想，反正捎走很长很长时间了，反正秀慧该收到信了，反正秀慧该来看我了……

有亮设想出许多许多秀慧来到这里的场景。来到这里，秀慧一定要问："你怎么不回村里呢？你不想我——要不你怎么不回村里呢？"有亮就说："怎么不想？我要帮爸爸做饭，帮爸爸拦羊，帮爸爸填火烧炕……我走了，谁帮爸爸做这些事情呢？

再说，这么大的甸子，扔下爸爸自己，他多闷得慌啊！"听了这话，秀慧高兴了，然后把村里和学校里的事情都说了出来，接着就要玩跳拐子。可是，现在，有亮不想玩跳拐子，他要唱歌——自己唱，听秀慧唱，尽管没有野花送给秀慧。唱完歌，有亮要送秀慧走出苦艾甸，马上走出去。秀慧不能待在这里，一会儿也不能多待！这里多闷得慌啊！有亮对自己说，我只是想看秀慧一眼，看一眼就行。

可是，秀慧没有来。

秀慧说来怎么没有来呢？再说，她又接到了我的信。有亮想，秀慧一定会来的。有亮接着想，也许秀慧已经来了，也许秀慧现在正在甸子上寻找我呢！秀慧不知道我住在青杨树下。找不到我，秀慧该怎么办呢？秀慧是一个小女孩，说不定现在她正在哭鼻子呢！

想到这里，有亮着急了。

这样说，秀慧已经来了！

秀慧正在甸子上寻找我呢！有亮想。

怎么叫秀慧一下就知道我在这里呢？有亮看了看青杨树，想起了书包里的那条水红色纱巾。对，把它系在青杨树的梢尖上，那样，秀慧很远很远就能看到它！秀慧是认得这条纱巾的！

有亮从书包里取出那条水红色纱巾。这么长时间，有亮没舍得拿出来看一眼。它依然叠得方方正正，依然那样鲜艳。现在，它就要被挂在高大的青杨树梢尖上。有亮很激动，手有些发抖。

树干很粗，底部又没有枝杈，光滑得很。开始，有亮爬得有些吃力，身子一扭一扭的，像只小笨熊。可是，有亮有力气，也勇敢。他终于一点儿一点儿爬了上去！这时，有亮对自己说："再高一点儿，再高一点儿……"这样，有亮就爬到了树尖上！站在树尖上看得真远！就连爸爸赶着的羊群都看见了。可是，有亮没有看见秀慧，怎么看也没有看见秀慧。没有看见又有什么呢？秀慧已经走来了，一定走来了！有亮又往远处看了一会儿，从衣兜里掏出纱巾，心想，秀慧就要看见它了，秀慧已经走来了！然后，他把纱巾系在树枝上。

做完这一切，有亮乐了。

有亮开始下树。

冬天的青杨树枝很脆，有亮不知道。就在有亮下树的过程中，他脚下的树枝断了；随后，他手扳的树枝也断了……两声清脆的响声过后，有亮便像树叶一样飘落下来。

有亮躺在地上，脸向天空，有一股血流出嘴角。

就这样，有亮闭上了眼睛，永远地闭上了眼睛。他再不能看一眼青杨树上那飘动的水红色纱巾，再不能看到秀慧，再不能回到村里，也再不能走进他日夜想念的教室……可是，因为秀慧看到了红纱巾，他脸上凝固着灿烂的微笑。

等待琴声

1

晓冬要我跟他去次榆坨割麻黄草。

次榆坨被九钩叔承包着。

由于承包次榆坨，九钩叔赚了不少钱。可村里没人与他来往，说他有钱没有人情味儿。

村子里，没有哪个人愿意到次榆坨割麻黄草，我也不愿意去。可晓冬执意要去。

晓冬家需要钱。他爸爸去南方打工，已经一年多没往家邮钱了。

我知道拗不过晓冬，只好搭上两个休息日跟他走进次榆坨。

谁让我是晓冬的好朋友呢！

2

星期五放学，晓冬我俩直接来到次榆坨。

九钩叔得知晓冬我俩的来意，不吱声，只是眯着眼睛上下打量我俩。打量了半天，他才说话："跟你俩说，想在我这里割麻黄草？"

我扭过头去，不想看他那目光。

"我俩想试试……"晓冬说。

"试试？这钱可不是好挣的！要是糟蹋了我的麻黄草……我跟你俩说，可别怪我翻脸！"九钩叔依然眯着眼睛打量我俩。

"不会的，我俩小心慢割……"晓冬说，"不会的。"

"糟蹋了我的麻黄草，我跟你俩说，我要扣你俩的工钱！"这算是九钩叔答应了我俩的请求。然后，他朝远处的一个坨子指了指说，"去吧，你俩自己找个地方，割去吧！"

说完，九钩叔走回他的那座小土屋。

我不明白，九钩叔那样有钱，可为什么非要自己看麻黄草，为什么要住那样的小土屋。

那座小土屋已经十分破旧，低矮，厚墙厚盖，只有南墙留有一扇巴掌大的窗户和一个侧身才能进出的房门。远远看去，它像一只蹲在那里的乌鸦，又像一个反扣在那里的柳罐斗或者一个猪食槽子。

3

除了晓冬和我，来次榆坨割麻黄草的都是外地人。

整整一个白天，次榆坨里十分沉寂，只有一片单调的割麻黄草的声音，连一声鸟鸣都听不到。而当太阳沉入坨子，人们收了镰，晚饭开始的时候，次榆坨却忽地热闹起来。

那些割麻黄草的外地人点上一堆火，围坐在火堆旁吃饭喝酒唠嗑。吃着喝着唠着，唠着喝着吃着……当那堆火燃到最旺的时候，有人竟唱起歌来，然后几个人跟着唱；再后来，围坐在火堆旁的人们都唱了起来。听不清他们在唱什么。"嗬——咳吆——嗬哈——"没有一个完整的曲调，没有一句完整的歌词，可他们唱得尽兴，高一声低一声，把他们眼前的火苗震得一跳一跳。

这时，九钩叔也喝酒，可他躲在自己的小土屋里一个人默默地喝。一盏汽灯透过那个巴掌大小的窗户，像一只浑浊的眼睛一眨一眨地向外张望。

坐在火堆旁边，我看着那些割麻黄草的外地人喝酒，听他们唠嗑，听他们唱歌；而晓冬则久久地看着九钩叔那座小土屋，看着那从巴掌大小的窗户透出的灯光。

不知道过了多长时间，晓冬忽然问我："应春，你在看九钩叔那座小土屋吗？在看小土屋的窗户吗？"

"看它干啥？"我说，"我没看。"

"九钩叔真可怜！"晓冬说。

"他可怜？可怜他什么？"听了晓冬的话我感到意外，"是可怜他数钱数累了吗？"

"不是。"晓冬说，"可是，我可怜他。"

"你可怜他？"我吃惊地看着晓冬。

晓冬点了点头。

"你在发烧吗？"我问晓冬，"你怎么说胡话了？"

"我没发烧。"晓冬说。

说着，晓冬把目光又投向那座小土屋，投向那盏从巴掌大小的窗户往外张望的汽灯。

"你可怜他什么？他值得可怜吗？"我简直喊了起来。

晓冬不再说话，他始终看着那座小土屋，始终看着那盏从巴掌大小的窗户往外张望的汽灯。

4

两天里，晓冬我俩的收获不小。我俩把割下的麻黄草垛好，等九钩叔来过秤。

和别的地方不一样，坨子里给麻黄草"过秤"不用秤，而是用米尺丈量麻黄草垛的周长和高度，算出体积，然后按体积定斤数。

等了好半天，九钩叔终于来到晓冬我俩的麻黄草垛前。

给晓冬我俩的麻黄草垛量完周长，九钩叔说："没少割啊！你俩没少割！"说完，他爬上垛顶，在垛顶上来来回回地走，用力踩，用力踩……在坨子里，给麻黄草"过秤"是不能踩垛顶的，而九钩叔却这样做了。

看着九钩叔那铁青的脸，我在心里不住地大喊："九钩叔，你就少踩几下吧！你踩坏了晓冬的希望，也踩坏了坨子里的规矩！你不知道，晓冬家是多么需要钱啊！"

可是，九钩叔哪里听得到我心里的喊声？他还是在麻黄草垛顶上来来回回地走，还在踩，还在用力地踩……走了半天，踩了半天，直到把麻黄草垛彻底踩实，他才跳下来。

"跟你俩说，凡是我的麻黄草都这样'过秤'。"九钩叔跳下麻黄草垛，拍拍手，对晓冬我俩说，"跟你俩说，谁也别想占我的便宜！"

5

给麻黄草"过完秤"，晓冬我俩只等领钱回家。

星期一的早晨，晓冬我俩要赶回学校上课。如果九钩叔现在能付工钱，晓冬我俩会连夜赶回家。

可是，九钩叔没有马上付给晓冬我俩工钱。

给麻黄草"过完秤"，九钩叔数出晓冬我俩的工钱，把它们当呱嗒板敲打了一阵，然后递给晓冬。

晓冬刚想去接，九钩叔却把钱抽了回去。

"跟你俩说，明天早晨再给你俩也不晚。"九钩叔说，"明天早晨再给你俩吧！"

这么点儿钱，九钩叔也要再攥一夜才肯放手。

晚上，那些割麻黄草的外地人又围坐在火堆旁喝酒唠嗑唱歌。也许是因为今天割麻黄草顺手，也许是因为想到了拿着工钱回家与亲人团聚的情景，也许是因为酒喝得畅快……也许什么都不因为，就是想唱歌，那些人唱得格外卖力。

我和晓冬没有走近那些唱歌的人，而是靠在我俩的麻黄草垛旁坐下。

九钩叔依然一个人躲在他的小土屋里喝酒。透过巴掌大小的窗户，那盏汽灯一直在向外张望，像一只浑浊的眼睛。

靠麻黄草垛坐着，我什么也不想，什么也不说，只是想好好休息。两天的劳动，我真是太累了。

晓冬似乎并不觉得累。他定定地看着九钩叔的那座小土屋，看着小土屋那从巴掌大小的窗户往外张望的汽灯。

不知道过了多长时间，晓冬从衣兜里拿出口琴吹了起来。

晓冬竟会吹口琴！

我听着。

晓冬的口琴吹得真好听！

我用心听着。

在晓冬的琴声中，我的眼前有一群大雁滑行在碧蓝的天空上，它们在飞往北方；东边的坨脊上是一轮红日，里面有几枝红柳在轻轻摇曳；坨坡上开着各种颜色的花朵，一片灿然；一条坨间小路纤细而悠长，它向远方伸去，上面洒满了细碎的阳光；还有，一个小男孩正走在这条路上，他背着书包，留给我一个清晰的背影……

晓冬的琴声已经停了下来，可那一幅幅图画却还是浮动在我眼前不肯离去。

不知道什么时候，九钩叔也坐在了晓冬我俩的身边。

"晓冬，我跟你说，你的琴声真好听！"九钩叔说。

"好听吗？"晓冬问。

"好听。"九钩叔回答。

"好听我再给你吹，九钩叔。"

说着，晓冬又吹了起来。

那边，割麻黄草的外村人还围坐在火堆旁喝酒唠嗑，还在唱歌。看样子，他们一时半晌没有停下的意思。

晓冬停止了琴声。

"嗬——咳吆——嗬哈——"

割麻黄草人的歌声再次传来。

"我跟你说，"过了半天，九钩叔又说，"晓冬，我这么大年岁，还是头一回听到这么好听的琴声呢！"

晓冬没有吱声。

"明天，应春你俩走了。不久，割完麻黄草，那些人领了工钱也都走了……"九钩叔说，"这里只剩下我一个人……只剩下我一个人。"

九钩叔的声音很低。

"还有钱呢！"我说。

"……只剩下我一个人。"九钩叔说。

我从没听过九钩叔这么低声说话。

晓冬依然没有吱声。

"晓冬……我跟你说，这琴声真好听！"九钩叔又说，"这琴声，真好听！"

晓冬始终没有吱声。

"晓冬……"九钩叔还想说什么。

"九钩叔，明天应春离开次榆坨，我也离开次榆坨……我俩要回学校上课。"晓冬说话了，"这把口琴就给你留下吧。"

说着，晓冬把口琴递给九钩叔。

九钩叔没有接。

"九钩叔……明天我离开次榆坨，这把口琴就留给你吧！"晓冬又说，"这把口琴就留给你吧！"

把口琴留给他？留给九钩叔？

"晓冬！"我喊道。

晓冬没有理我。

"晓冬！"我又喊。

晓冬依然没有理我。

"九钩叔……这把口琴就留给你吧！"晓冬说。

晓冬最终把口琴送进九钩叔手里。

"晓冬，你……"

我气得不知道说啥才好，站起身，朝那群围坐在火堆旁喝酒唠嗑唱歌的人们走去。

6

第二天早晨，领了工钱，晓冬我俩离开次榆坨。

晓冬我俩要抓紧时间赶回学校，上第一节课呢！

走出很远，当再也看不到九钩叔那座小土屋时，我从衣兜里拿出晓冬的那把口琴。昨天晚上，我悄悄从九钩叔手里把它要了回来。

晓冬一愣。

"怎能把口琴留给他呢？怎能把吹出那么动听曲子的口琴留给他呢？"我说，"我把它给你要回来了。"

"应春……你……"晓冬愣愣地看着我。

"他那样的人是不会吹出好听曲子的！"我说，"不会！他不会吹出好听曲子！"

"应春，你怎么这样说话？"晓冬惊讶地问我。

"他那样的人是不会吹出好听曲子的！"我又说，"不会的！"

"不许你这样说！"晓冬喊了起来，"不许你这样说九钩叔！"

"他那样的人是不会吹出好听曲子的！"我把这句话重复了一遍，"不会的！"

"不许你再这样说！"

喊着，晓冬上来就是一拳。

这一拳正好打在我的胸口上。

我愣愣地看着晓冬。他从来没跟我发过这么大的火，也从来没跟任何人发过这么大的火。

晓冬背过脸去。

"也许现在九钩叔吹不出那么好听的曲子，可是，我们应该等一等……"晓冬低声地说，"等一等……耐心地等一等。"

我看着晓冬的背影。

"这是怎样的一片荒野啊！应春，这片荒野需要琴声。"晓冬依然低声说，"应春，你知道吗？这片荒野需要琴声，这片荒野是多么需要琴声啊！"

晓冬的肩一耸一耸的。

"相信九钩叔……他会吹出好听曲子的。"晓冬又说，"应春，把口琴给九钩叔送回去吧！"

我依然看着晓冬的背影。

"这片荒野需要琴声。"晓冬转回身，已经是满眼泪水。他拉住我的手，"应春，你是我的好朋友——你给九钩叔送回去——这片荒野需要琴声啊！"

我定定地看着他。

"应春，给九钩叔送回去吧。你是我的好朋友……"晓冬看着我，"这片荒野需要琴声啊！"

我不知道该说什么。

"应春，下个星期天，如果麻黄草没有割完，我还来次榆坨。"晓冬又把目光移到了远处的坨子上，"我来次榆坨……麻黄草割完了我也来。"

这时，我似乎明白了晓冬的想法。

我不再说啥，接过口琴。

"你是我的好朋友，应春。"晓冬深情地说，"快去，快去吧！"

我转回身，慢慢地走向那座小土屋，走向九钩叔……

此时，晓冬一定在后面看着我。我知道，九钩叔的那座小土屋似乎在等待着我，整个次榆坨似乎在等待着我，那片荒野似乎在等待着我……九钩叔也似乎在等待着我。

于是，我举起口琴，向前跑去。

一只小鸟的起飞

1

春天的一个晚上，爸爸坐在炕桌前"吱吱"地喝着烧酒。喝着喝着，爸爸忽然说："星子该去上学了。"

当时我正端着酒壶给爸爸倒酒。听了这话，我险些脱手扔掉酒壶。喝酒是爸爸最最高兴的时候，一捏酒杯，爸爸说的往往都是让人高兴的事情。

我怎么也没有想到，捏着酒杯，爸爸竟然说出这样让人晦气的话！

"我不去！"我咚地放下酒壶，气愤地说，"我不去！"

爸爸并没理会我的"我不去"，眼皮都没撩一下，继续喝他的烧酒。

第二天早晨，刚吃过饭，爸爸走进我屋。

爸爸手拎荆条，脸黑着，对我说：

"上学去！"

我气鼓鼓地坐在炕上，没动。我心想，我今天还要找伙伴们去玩呢，甸子上还有很多很多朋友等着我呢，我还有很多很多游戏要做呢……我为啥要去上学？

"上学去！"爸爸又说。

我依然没动。

爸爸举起手里的荆条。

无奈，我只得极不情愿地让妈妈把书包挎在我的肩上。

在这种情况下，我上学了。

街上很多人。上工的、下地的、出门赶集的、赶猪轰羊的……这时，所有人都停下脚步看我。

爸爸手举荆条，跟在我后面。

我像一只被驱赶的笨拙的大鸟，只是没有翅膀。此时我想，我要是长了翅膀该有多好！飞起来，爸爸就跟不上我了，我愿意去哪就去哪！

爸爸本来就是大高个儿，现在又挺着胸，越发显得高大魁梧。

在我们村里，爸爸极有威望。一方面是因为爸爸为人忠厚和善，乐于助人；另一方面则是因为爸爸在十里外的黑石山场采石，每月能挣些现钱拿回家。

学校在三合屯，离我们村有三四里路，去学校正好经过苦艾甸。

走在苦艾甸上，我觉得难过。

那么大的苦艾甸，以前任我在上面大喊，任我在上面疯跑，任我在上面玩耍……可现在不行了，有爸爸手拿荆条跟在后面。沙百灵呢？金花鼠呢？跳兔子呢……你们都到哪里去了？我就要被关进笼子，可你们还是那样自由！还有，采药材的小灵呢，你也躲起来了吗？

爸爸手举荆条，一直把我送进学校，交给老师。

2

老师对我很好，同学们对我很好，学校的工友也对我很好，我却仍旧不愿意上学。可一想到爸爸手里的荆条，我又不得不去学校。

上学路上，我总是走得极慢，简直就是一点儿一点儿地往前蹭；而放学回家则是另外一回事了。

一天，放学路上，我正飞跑，忽然听到有人喊我。

小灵！

我好多天没有见到小灵了。

小灵和我同岁，也到了上学年龄，可因为家里困难，她没上学。从初夏到深秋，小灵总是在甸子上挖药材。

现在，小灵手里就提着篮子和刨药材的小镐。

小灵喊我，我自然高兴。

我走过去。

我想，小灵一定是有什么累活找我做，要不她不会喊我。

"星子，我等你半天了！"等我走近，小灵说。

"等我半天了？"我问。

小灵点头。

"有啥累活找我做？"我又问。

"没有。"小灵说。

没有累活还等了我半天！我有些激动。

"这几天我一直在看你。"小灵说。

"一直看我？"

小灵的这句话着实让我大吃一惊。

小灵又点头。

"看我……看我什么了？"我想，小灵一定是在看我上学时垂头丧气的样子。

小灵没有说话，而是看着我，坐在一丛马兰花旁。

马兰花正在开放。

小灵摘下一朵马兰花捏在手里，依然看我。

让小灵看到我的丑相，我很难过。

我认为我的丑相都是爸爸给造成的，于是，我气愤地说：

"我恨我爸爸！"然后我又接着说，"等我长大了，有钱也不给他买酒喝！"

我以为不给爸爸买酒是对爸爸的最大惩罚。

"你恨你爸爸？"小灵吃惊地问我，"不给你爸爸买酒？"

"我恨我爸爸！"我说，"不给他买酒！"

"你爸爸多好啊!"小灵说。

"我爸爸好?"我更加吃惊。

"你爸爸好!"小灵的语气坚定。

"我爸爸……哪里好?他逼我上学,让我告别游戏、告别伙伴、告别甸子……我爸手举荆条……我爸爸……还好?"我说。

"你爸爸好!"小灵说,"就是因为你上学我才天天站在这里看你啊!"

"就是因为……我上学你才天天站在这里看我?"我感到意外。

小灵点头。

"你看到我什么了?"我有些紧张。

"看你上学啊!"小灵无比羡慕地看着我,"上学多好啊!"

3

因为我上学,小灵喜欢和我在一起。

每天放学,小灵都在甸子上等我。我帮她挖药材。挖完药材,小灵和我做游戏,让我教她识字、做算术。

这是我一天中最快乐的时光。

甸子上有一棵大杨树。它高大极了,多远都能看到它。

小灵我俩就在那棵大杨树下学习。

不知道小灵从哪里弄来一块青石,我俩就把它当作黑板,在上面写字。

小灵坐在草地上，听我"讲课"。

苦艾甸空旷寂静，我的声音显得特别清脆响亮。

我的声音传出很远又折回来，折回来又传出很远，把苦艾甸上的蒿草震得沙啦啦地响。

听我"讲课"，小灵不时陷入沉思，不知道她在想什么。在我看来，此时的小灵好像在梦里一样。

我讲完老半天，小灵才缓过神儿来，说："星子，你讲得真好！"

开始的时候，我给小灵讲给小灵写，对不对连我自己都说不准。看小灵那样认真，我再糊弄她就不忍心了。

想不糊弄小灵，我就要自己先学好。

这样，上课时我就用心学了。

渐渐地，我喜欢上学了，也喜欢听老师讲课了，考试也能得一百分了。

再给小灵讲给小灵写，我就说得准了。

大概过了两个月吧，小灵就能自己写出一句完整的话了。

小灵写的第一句话是："天，蓝天，蓝天上有一行大雁；大雁飞往北方，北方的大地绿了。"

小灵写写停停，那认真思索的样子至今我还不能忘记。

记得，那句话中的"雁"字小灵没有写上，是我告诉她的。在告诉她之前，我难为了小灵。我说："你唱支歌吧！唱支歌我才告诉你。"小灵就给我唱了一支歌。

4

可是，在我读二年级的时候，我上学也遇到了困难——爸爸在山场干活时被石头砸伤了。

爸爸躺在家里，我家的日子一下子变了样子。

这时，我忽然变得心事重重。我开始为家里的事情着想了。

怎样帮助家里呢？我想到了小灵，想到了小灵挖药材。我就决定不上学了，偷偷在甸子上挖药材卖钱。

于是，我早晨背着书包装作上学，可到甸子上我就不走了，把书包放在一边挖药材。

这时候，小灵已经不再挖药材，几个月前她也上学了。她爸爸外出打工，挣了钱把她送到镇里的小学去读书了。

镇里小学比三合屯小学好。

没有小灵，苦艾甸显得沉寂。

沙百灵在天上飞舞，金花鼠在蒿草丛里奔跑，跳兔子也在蒿草丛里奔跑……它们都想逗我乐，可我乐不起来。

我常常去那棵大杨树下。小灵给我唱歌的情景还在，小灵怎样握笔的姿势还在，小灵坐在草地上认真"听课"的情景还在……小灵搬来的青石也还在，可上面早已没有她写的字了。风霜、雨水和雪水把青石冲刷得干干净净。

我坐在青石旁，写上小灵写出的第一句话："天，蓝天，蓝天上有一行大雁；大雁飞往北方，北方的大地绿了。"回想小灵问我"雁"字怎么写的情景，因为难为了她，我非常后悔。我想，现在好了，有老师教她，老师不会为难小灵。

每次离开那棵大杨树，离开那块青石，我心里总是酸酸的，很难过。

挖了药材，我就在甸子上晾晒。挖了接近二十天吧，我卖了第一批药材。不知道为什么，接过钱，我首先想到的竟是给爸爸买一瓶酒！把酒拎回家，妈妈问我哪里来的钱，瞒不住，我就直说了。

这时，爸爸坐了起来，他蹭到炕沿儿边，下地，然后站得笔直，说："星子你看——爸爸好了！"

爸爸努力支撑身子，复制他高大魁梧的身材。可爸爸的腰已经弯了，的确弯了。

"爸，你喝杯酒！"我说。

"过几天喝。"爸爸说，"爸爸过几天喝……"

"现在就喝！"我说。

"过几天喝。过几天爸爸就能回山场干活了。"爸爸说，"那时爸爸再喝。"

我看着爸爸。

"回山场干活，"爸爸说，"爸爸也送你去镇里小学读书。"

"爸，你现在就喝！"我又说。

爸爸打开酒瓶，只倒出半杯酒……

看着爸爸抖动的手，我哭了。

5

爸爸能够下地行走的第一天，他就送我上学。

街上依然很多人。上工的、下地的、出门赶集的、赶猪轰羊的……他们依然停下脚步看我。

爸爸跟在我后面，手里没有荆条。

我也用不着长翅膀飞了，就是大步走，爸爸也跟不上我。我故意放慢脚步，不想落下爸爸。

送到村口，爸爸站住了。

爸爸说："星子，爸爸跟不上你，再送就耽误你上课了。你自己走吧。"

我点了点头，就自己走了。

走出很远，我回头见爸爸还站在村口。

爸爸朝我摆手，示意我快走。

我急忙转回身，朝学校跑去。

不久，爸爸回山场干活了。然后，爸爸也送我去镇里小学读书。我和小灵坐在了一个教室里学习。

6

几年后，小灵我俩升入初中、升入高中、考上大学，相继参加工作。

一晃，几十年过去了，爸爸手举荆条在后面赶我上学的情景、小灵我俩在大杨树下写字算题的情景，让我始终不能忘记。

金色的屋脊

1

"小秀，我给你家苫房吧！"

放学路上，等小秀走近我，我说。

"别苫了。"小秀站住了。

"我不行吗？"我问。

"你行。可你别苫了。"小秀避开我的目光，走开了，"你还是别苫了。"

"小秀，我不行吗？"我跑上去，拦住她，问，"你说，我不行吗？"

"你当然行！"小秀还是那句话，"可你还是别苫了。"

"为什么？"我又问。

"说了也没用。"小秀绕开我，向前走去，"你解决不了问题。"

"你说!"

我再次跑上去,拦住小秀。

"我爸……想要给旺禾家去喂羊。"过了好一会儿,小秀才吃力地说,"我们等旺禾爸的信儿呢。他爸同意了,我们就搬过去住,住他家的饲养棚。"

"那……你答应了?"我说。

小秀又低下头,再次避开我的目光。

旺禾家是养羊专业户,富得很。全村就他家是二层小楼。听说他家在县城买了楼房,还要买汽车。

旺禾我俩虽在一个班,可我看都不想看他一眼。不知道为什么,我讨厌他。

小秀不再吱声。

我俩默默地走在回家的路上。

秋阳像薄薄的云翳,浮在淡远的西天。苦艾甸上,甸草们挺挺地站立着,发出沙啦啦的响声。

小秀和我的脚步有些拖沓。

渐渐地,村子呈现在我们眼前。

村子里大部分是砖瓦房,有几座草房也都苫了。苫过的草房金黄灿烂,房顶像要永远留住阳光。只有小秀家的房顶黑魆魆的,小土房快要趴架了。远远看去,它像一只蹲在那里的乌鸦。

"苫!"我忽然喊了起来,"苫!"

喊声把我自己吓了一跳。

2

小秀妈病了几年，前年去世，丢下小秀和爸爸。给妈妈治病，小秀爸花了不少钱，拉下很多饥荒，日子过得很紧。开始，小秀爸还紧手着过，还了一些饥荒。可后来，小秀爸散心了，就不想再那样过苦日子了。

"没意思！"小秀爸随口就是这话，"唉，没意思透了！"

渐渐地，小秀爸什么活也不想干了，只是喝酒。有点儿钱就买酒喝，一天三顿，顿顿迷糊。小秀的作业本和铅笔他都不想给买。他家的承包田荒了，房前屋后的园子荒了，院子荒了……就连门槛里外都长满了荒草。

那天，我直接来到小秀家。

小秀爸正在喝酒。

"九叔，你家的屋顶该苫了。"我进屋就说。

街面上论着，我管小秀爸叫九叔。

"啊？"小秀爸扭过脸，问我，"你说啥？"

"你家的屋顶该苫了！"我说。

"苫房？你说苫房啊？"小秀爸端起酒杯又喝一口，"房……还苫它干什么呢？"

"屋脊都塌腰了，不苫……"我说，"不苫，就要散架了。"

"散架就散架吧……叫它散架去！"小秀爸低下头，"散架了，我就省事了。"

"你是说……"我走近他一步，"这房子，你真的不管了？"

"还管它有什么用呢？我好心的孩子，让我告诉你。"小秀爸抬起头，端着酒杯，努力睁大眼睛，小声说，"现在，我只等好消息……给人喂羊去，那家有饲养棚，很结实的饲养棚……咱搬进去，啥也不用费心，喂喂羊，完事就只管喝酒……喝酒！"

小秀爸站起身，晃晃荡荡，还想说下去。

"九叔，别说了！"我喊道，"九叔，你别再说了！苦！"

3

第二天，放学后，我走进甸子去割苦草。

苦草要用三棱草，只有甸子深处水洼边有这种草。

"星子！"旺禾从后面追上来，看着我手里的镰刀，问，"星子，你去割草——去割三棱草吗？"

我看了他一眼，没有吱声，接着往前走。

"你去割三棱草……给小秀家苫房吧？"旺禾跟在我身后接着问。

我依然没有吱声，只顾往前走。

"星子，有什么事告诉我，咱俩一起做。"旺禾还是跟在我身后，"咱俩是朋友啊！"

"用不着你跟着做！"我站住了，转过身，举起镰刀，"谁跟你是朋友？你再跟在我后面啰唆，我可不客气了！告诉你旺禾，我讨厌你，讨厌你！"

说完，我转身走开。

旺禾站住了。

"星子——"旺禾在后面依然喊，"咱俩是朋友，是朋友啊！"

喊去吧！谁是你的朋友！我加快步子朝甸子深处走去。

在一个水洼边，我找到一片三棱草。

那是一大片三棱草，一大片茂盛的三棱草。它们举着穗子，随风摇动，随风摇动……看样子，就是等谁来收割了。

我来了！

我跑到水洼边，裤管也没顾得挽上，就割了起来。

割了一个傍晚，回家吃完饭我又回来接着割。

黑天有白亮亮的水洼映着也能割。但是我想，要是有一轮月亮就更好了。

我盼着月亮。

第二天放学，我干脆带上吃的东西去甸子深处的那个水洼边割三棱草，一直割到累得两腿发软为止。

就这样，我一连割了五天。看样子，苦草是割够了。

这是最后一个晚上，我想，割了这个晚上就不割了。

苦艾甸很静，只听得我的割草声。

割草、割草、割草……我只顾割草，可当我抬起头擦汗的时候，我惊呆了，继而几乎要喊出声来——不知道什么时候，一轮圆月从甸子边沿升了起来！它硕大浑圆，鲜红欲滴。它离我是这么近啊！好像一伸手就能摸到似的。

我站在水洼里，看着眼前的一切。

此时，我的镰刀红了，甸草们红了，水洼红了……四周的一切都红蒙蒙的，就连夜游鸟的鸣声也红了。

我看着我割下的三棱草，它们像一堆燃得正旺的火焰。

这是红月亮的世界！

我唱了起来。此时，我的歌声也是红色的了——它似一只只红色的蜻蜓，在苦艾甸上飞舞。它落在那堆三棱草上，落在水洼上，落在整个沙原上……然后又马上飞舞起来。

我唱着，不知道什么时候小秀来了。

站在离我不远的地方，小秀看着那轮红色的月亮。

我走过去，抑制着激动，说：

"小秀，苦草够了！"

小秀没有吱声，看着月亮。

"苦草够了，小秀！"我又说。

小秀还是没有吱声，依然看着月亮。

"小秀……"我一直看着小秀。

"星子，把苦草留在甸子上吧。"过了好一会儿，小秀才转过身对我说，"星子，你就把苦草留在甸子上吧！"

"怎么？"我似乎明白了小秀的意思。

"用不着它们了。"小秀说。

"你是说……小秀。"我不知道该说什么，"你是说……"

"旺禾爸同意了……明天我们就搬到旺禾家饲养棚去住。"小秀说，"还苦它干什么呢？"

"那……那你家的房子……就空了？就没人住了？"我结结巴巴地问，"你家的房子就空了，没人住了？"

小秀低下头，泪水顺两颊流下来。

镰刀从我手里滑脱，落在三棱草上。这时我才觉得累了，一下子坐在地上。

4

小秀家的房子空了，她和爸爸搬进旺禾家的饲养棚住了。

第一天晚上，小秀没有出来；第二天晚上，小秀没有出来；第三天晚上，小秀还是没有出来……一连几天晚上，小秀都没有出来。我的心里空落落的。以前，小秀总是来我家写作业，可现在不来了。

放学路上，我等小秀走来，问她："小秀，你晚上咋不来我家写作业了？"

"旺禾爸早早锁上大门……"小秀低下头，说，"怕外面的狗进院子祸害羊……"

"你就出不来了？"我看着小秀。

小秀点头。

我不再说啥。

以后的几天里，我去甸子深处的水洼边看我割的那些三棱草。

秋阳下，它们越发显得耀眼了。

要知道，它们浸染着红月亮的光辉，也浸染着我的歌声啊！

三棱草安静地躺在地上，秋风随意翻摆着它们。羊过来扯几口，牛过来扯几口，小马驹也过来扯几口……那些沙鼠啊、野兔啊就更不用说了。

我心里难过，后来我就不去看那些三棱草了，尽力忘掉它们。可是，我忘不掉。

一天，旺禾找到我，说："星子，你割的那些三棱草呢？"

我没有理他。

"星子，你不是要给小秀家苫房吗？咋不苫了？"旺禾问我。

"苫不苫是我的事，用不着你多嘴！"我冲旺禾大喊。

"不，星子，我跟你说，你说苫就该苫……星子，应该苫！"旺禾说，"你听见了吗？你说苫就该苫！"

我扭过脸去，不看他。

"星子，你说话！那是你答应过的！你说苫就应该苫！"旺禾喊了起来，"你是男子汉啊，你是我的朋友啊！"

5

几天后，小秀家的房子苫顶了——刚开始苫，只苫了屋脊。

村里人不知道是谁苫的，可我知道。

我想去找旺禾，跟他说"我是你的朋友，是你的好朋友"。可我没去。

看着屋脊，人们都说，房苫得很好。说过"房苫得很好"之后，他们紧接着又说，房子已经没人住了，没人住的房子还苫它干什么呢？

我看着他们，不知道该说什么。

房顶上，不是我割的那些三棱草，可它们依然金黄灿烂。看得出，每一根草茎都蓄足了秋阳的光辉。

人们看着屋脊，很长时间还没离去。

这时，小秀爸绊绊磕磕地走来，不知道他喝酒了没有。恬和的秋风掀动着他的衣襟，一扇一扇。此时的小秀爸像是一只就要起飞的大鸟。

我迎上去。

我要对他说："九叔，你看看那屋脊，那金色的屋脊！它是旺禾苫的！九叔，你看看！"我还想对他说："九叔，我讨厌过旺禾，可现在他是我的朋友，是我的好朋友！"

让我变成一只小鸟吧

1

左摆右摆，从护甸小屋到村小学的这段路不长不短，正好六里。

怎样走这段路，李多多有自己的主张。

大体上讲，李多多把它分为三截。第一截是从护甸小屋到那片三春柳，第二截是从那片三春柳到那紧紧簇拥在一起的十一棵高大的香椿树，第三截是从那紧紧簇拥在一起的十一棵高大的香椿树到村小学。每截二里，那片三春柳和那紧紧簇拥在一起的十一棵高大的香椿树给分得清楚明白。

三截路程，李多多走每截都有不同的形式。早晨上学，小狗二毛会例行公事地跟在李多多身后，而走到那片三春柳后，它必须打道回府；接下来是李多多一个人前行，慧秀正在那紧紧簇拥在一起的十一棵高大的香椿树下盼望着他的到来；与同桌慧秀相聚，然后和她一起走向村小学。一路总有金花鼠、野兔和小鸟相伴。同样，那片三春柳也是二毛迎候放学归来的李多多的站点儿，那紧紧簇拥在一起的十一棵高大的香椿树也就成了他和慧秀每晚分手的地方。

把那紧紧簇拥在一起的十一棵高大的香椿树作为界标并不难，慧秀欣然接受了李多多的想法；而要把那片三春柳确定为界标却让李多多费了很多周折。

来到甸子上，由于批评少了，现在的二毛有些任性。经过反复劝导，一个月之后，二毛才勉强接受李多多的观点，每天接送李多多就以那片三春柳为界。

在自己前行的那截路上，李多多可以唱歌、可以背课文、可以想很多很多有趣的事情，也可以想象自己变成小鸟的情景……当然，李多多的脚步变得异常欢快，因为那紧紧簇拥在一起的十一棵高大的香椿树或者那片三春柳就在前面，慧秀或者二毛在那里等着自己。从那里与慧秀一起走向村小学或者与二毛一起走回护甸小屋，李多多的心情都是那么欢快。

2

从那紧紧簇拥在一起的十一棵高大的香椿树开始，野花越来越多，越来越鲜艳，红的一片，黄的一片，蓝的一片……它们开过那片三春柳，一直开到护甸小屋。而跟爷爷刚刚住进护甸小屋的时候，甸子上还是一片枯黄。

这个时候，王寒露来甸子更勤了。

王寒露算得上这一带的土财主。他有轿车，有大片大片的土地，县城里有楼房，连苦艾甸都被他承包着，可就是没有孩子。每当酒喝多了，王寒露就一边抹眼泪一边说："老天爷啊，什么都给我了，怎么不给我孩子！就是给我小狗一样大的孩子也行啊！可李大麦却有那么好的孩子"。李大麦是李多多爸爸，和王寒露是初中同学。让爷爷看护甸子，王寒露有他自己的说法。王寒露跟人这样说："老同学在外打工，让老爷子挣点钱，我是不想苦了多多！"让李多多当干儿子是王寒露多年的心愿。"叫我一声干爹，我给你摘天上的星星！"王寒露不惜用这样的条件诱导李多多就范，而李多多从没叫过一声。

爸爸妈妈在南方的一座城市打工，两个春节没有回来了。李多多想念他俩。

而怎样见到爸爸妈妈，李多多有自己的办法。

"我要变成小鸟！"在走过那片三春柳的时候，李多多把自己的办法说给了一片野花。

南方的那座城市很远，路又难走，而变成小鸟就什么问题都解决了。

变成小鸟是自己的事情，除了那片野花，李多多不想让别人知道，二毛也不例外。可最终李多多还是把这个秘密说给了二毛。

此时的二毛正全力以赴对付爷爷给它的那块肉骨头。

"我要变成小鸟……"李多多压低声音对二毛说。

二毛抬头看了李多多一眼，又低下头对付那块肉骨头。这让李多多很生气。可是，李多多原谅了它。二毛还小啊！

不能说给爷爷，不能说给慧秀；说给二毛它又不能理解，所以，把那个秘密说给那片野花之后，就在那片三春柳与那紧紧簇拥在一起的十一棵高大的香椿树之间，李多多变成了小鸟。

3

早晨，跟爷爷说过"晚上见"之后，李多多跑向那片三春柳，去村里上学。

听到"晚上见"三个字，像得到令箭一样，二毛马上跳起，跟在李多多身后。

一路小跑，有些时候，越过那片三春柳二毛还不想收脚。

要是在村里，李多多会严厉批评它。而现在，李多多不会那样对待二毛。待在甸子上，所见的只有蒿草，连野兔和小鸟都远远地躲避它，二毛不跟我亲近跟谁亲近呢？李多多这样想。

拦住二毛，李多多劝它回去陪爷爷看护甸子。

二毛看着李多多，两眼泪汪汪的。

"回家吧。我去上学。慧秀在前边等着我呢！"李多多拍了拍二毛的脑袋，"晚上见！"

说完，李多多跑开了。

跑了一阵，李多多回头没有看见二毛，而护甸小屋却站在那里。又跑了一阵回头看，还是没有看见二毛；只是站在那里的护甸小屋变矮变小了；再跑一阵回头看，依然没有看见二毛。不过，李多多知道，藏在三春柳里的二毛在一直看着自己。背上贴着二毛的目光行进，李多多觉得心里暖乎乎的。

4

尽管前面是越来越多、越来越鲜艳的野花，可李多多还是把慧秀拦在那紧紧簇拥在一起的十一棵高大的香椿树下，不让她多送半步。

告别慧秀，李多多朝那片三春柳走去。李多多要挺直腰杆儿走，多大的风都要挺直腰杆儿走，因为他知道慧秀在后面瞅着自己。

苦艾甸上的风大，又没有阻拦，所以，要挺直腰杆儿走总是很困难。不过，多大的困难都要挺直腰杆儿走。

当确定已经走出慧秀的视野，李多多才会弓下腰随便走走或者找个地方坐一会儿。

金花鼠也许会看到这个情景，刺猬、野兔和小鸟也许会看到这个情景……所有的野花都可能看到这个情景，不过，那又有什么关系呢？反正慧秀没有看到。这样弓下腰随便走一阵或者稍事休息之后，再走一会儿就到那片三春柳了。这时，李多多又会重新挺直腰杆儿。而且，他要把脚步迈得更加欢快，因为二毛等在那里呢！让二毛看出自己累了，它会难过的。

挺直腰杆儿走，从那紧紧簇拥在一起的十一棵高大的香椿树到那片三春柳，又从那片三春柳到护甸小屋，多大的风李多多都要挺直腰杆儿走。

<h1 style="text-align:center">5</h1>

爸爸妈妈干活的南方那座城市总是温暖的，而我们这里的冰雪却这样大！现在，虽然从那紧紧簇拥在一起的十一棵高大的香椿树到护甸小屋一直盛开着野花，可李多多还是觉得太阳偏爱着南方的每一座城市而慢待苦艾甸。可想到爸爸妈妈在那里干活，李多多就不再抱怨太阳的不公。

李多多知道，爸爸妈妈干活的那座城市离他们村太远，离护甸小屋也太远，路又难走。从他们村往南走，从护甸小屋也要往南走。而要走多远走多长时间，李多多就说不清楚了，因为连太阳都偏爱的城市是不容易找到的。

还是变成小鸟好，小鸟去什么地方都是轻而易举的。

这样，走在那片三春柳和那紧紧簇拥在一起的十一棵高大的香椿树之间，李多多就变成了小鸟。

一展双翅，只用须臾时间李多多就飞到爸爸妈妈干活的那座城市。

见到爸爸妈妈，李多多变回小孩。

看着李多多，爸爸哭了，妈妈哭了，抱住李多多不肯撒手，都想留住李多多。

"看你俩一眼就行了。"李多多给爸爸妈妈擦去泪水,"我留在这里,谁照看爷爷呢?再说,二毛也不会同意我这样做。"

然后,李多多又变成小鸟,飞回苦艾甸,飞回护甸小屋。爸爸妈妈怎么哭也不行,因为爷爷和二毛在家里等着,李多多必须变成小鸟飞回来。

6

如同李多多想象的一样,南方那座城市里的小鸟很多。

它们在喜迎八方来客的同时,也期待着李多多的光临。

这样,往往是李多多还没与爸爸妈妈相聚就受到那里小鸟的欢迎。

"你好!"

刚刚飞进那座城市,李多多正站在一棵树上辨认方向,他惊奇地发现这棵树忽然开满了花朵,而且,满树的花朵都在说话。

"你好!"

那不是花朵,而是一树的小鸟!

一声"你好"是一树的小鸟给李多多的问候。

"你原本是一个小男孩,叫李多多。"一只水红色的小鸟站在李多多的对面说,"你刚刚变成小鸟。不过,这没关系,我们喜欢你,这座城市所有的小鸟都喜欢你!"

然后,那只水红色的小鸟说出了李多多的一切。包括他怎样在村里和慧秀一起唱歌、怎样走那段路上学、怎样写作业……甚至怎样和二毛做游戏都知道得一清二楚。

李多多看着它们，惊叹它们洞悉一切能力的同时，也惊叹它们五颜六色的装束。

要是它们能去苦艾甸，落在那片三春柳上，落在那紧紧簇拥在一起的十一棵高大的香椿树上，那么，那片三春柳、那紧紧簇拥在一起的十一棵高大的香椿树上就会一片鲜红、一片湛蓝、一片橙黄……与那些野花相呼应，慧秀和爷爷看了该多么惊喜啊！

"适当的时候，我们会去苦艾甸的！"一树的小鸟似乎看到了李多多的心里。

李多多不知道什么是"适当的时候"，可那一树的小鸟毕竟有去苦艾甸的想法，所以，李多多就和它们成为朋友了。

当然，所做的这些事情都要在很短的时间内完成，李多多必须尽快变回来。要不，从那片三春柳蹿出来的二毛或者等在那紧紧簇拥在一起的十一棵高大的香椿树下的慧秀该多么失望啊！

7

要变成小鸟，李多多无论如何也不愿让爷爷知道，而变成小狗则是另外一回事。变成小狗可以像二毛一样整天跟在爷爷的身后，给爷爷解闷儿，帮爷爷做事。尽管这样，李多多还是要变成小鸟。他不想变成小狗，二毛再好，李多多也不想变成小狗。去南方的路远，又十分难走，只有翅膀才能解决问题。所以，李多多要变成小鸟。变成小鸟可以轻而易举地去南方的那座城市看望爸爸妈妈，可以轻而易举地去做很多很多事情，可以轻而易举地寻找很多很多朋友……

蓝天是家，白云做伴，风一样地飞翔。李多多享受着变成小鸟的快乐。

可是，我飞走了，爷爷会多么难过啊！李多多想象着飞走后的情景。

"多多，你到哪里去了？"爷爷一边寻找一边大喊。

"别找了，李多多已经变成小鸟飞走了！"二毛把事情的真相告诉给爷爷。

"多多怎么能变成小鸟呢？"爷爷不满地看了二毛一眼，"多多长了翅膀还是我孙子吗？"

"不管怎么说，反正李多多已经变成小鸟飞走了！"二毛的声音变得很小。

"二毛，我是不会相信你的！"爷爷对二毛发火了，"你再说谎就别想得到肉骨头！"

"我没有说谎，事实就是这样。"二毛感到委屈，为自己辩解，"李多多能变成小鸟。现在他真的已经变成小鸟飞走了……"

天黑了下来，还是没有找到李多多，爷爷急得哭了起来。

"多多，你变成小鸟飞走了！"爷爷不断地擦着泪水，"爷爷该多么想你啊！"

李多多不忍心让爷爷再哭下去，就变回原来的样子，忽然站在爷爷面前。

"多多，你去哪里了？"爷爷抹着眼泪问李多多。

"我哪里也没去。"李多多这样回答爷爷，"我一直都在爷爷的身边。"

"二毛说你变成小鸟了。我还以为是真的呢！"说着，爷爷狠狠地看了二毛一眼。

二毛不想当着李多多的面把事情的真相揭穿，就赶紧低下头走开了。

8

如果寒露叔给了看护甸子的工钱，买两张车票也可以去南方的那座城市看望爸爸妈妈。李多多想。一张给爷爷，一张给二毛，自己则一路飞在他（它）俩的前面。

爷爷的那张车票自然要攥在爷爷的手里，二毛的那张则给它挂在脖子下面。

爷爷走在前头，脖子上挂着车票的二毛跟在后面，一同走向车站。变成小鸟的李多多飞在前面带路。

"我们这是去哪里啊？"二毛问爷爷。

"去南方的那座城市呗！"爷爷看了二毛一眼。

"去南方的那座城市干什么呢？"二毛又问。

"去看望爸爸妈妈啊！"爷爷不高兴了。

"哦，我想起来了！您对我说过多少遍了。"二毛拍了拍自己的脑袋，"我已经两年没有看到爸爸妈妈了！"

爷爷的脚步欢快，二毛的脚步也欢快。

在李多多的带领下，爷爷和二毛都欢快地走着。

可是，走着走着，爷爷站住了，二毛也站住了。

"这样走不对吧？"二毛首先对李多多提出质疑。

二毛认为李多多带领它和爷爷是在往东走、往西走或者是在往北走，就是没有往南走。

"这样走肯定不对！"爷爷看过四周之后，又看了看手里攥着的车票，坚决支持二毛的观点。

爷爷和二毛的想法是，即使是连接南方的车站，也在南面。

李多多没跟爷爷和二毛做任何解释。

别说车站，就是去南方也不一定每一步都要往南走。李多多深知这一点，前面有水洼要绕过去，前面有大山要绕过去，前面有大楼要绕过去……绕行的脚步还能朝南吗？所以，去南方不一定每一步都要往南走。

变成小鸟，李多多去过爸爸妈妈干活的那座城市，不止一次去过，所以，他在前面带路不会出现方向性的错误。

那样站了一会儿，爷爷和二毛又跟了上来。他（它）俩最终相信了李多多的能力。

李多多乐了。他说爷爷和二毛，那是因为你俩不能变成小鸟啊！

9

从护甸小屋开始，野花次第谢去，一直到那紧紧簇拥在一起的十一棵高大的香椿树下，一片也没有留下。紧接着，那片三春柳开始变黄，那紧紧簇拥在一起的十一棵高大的香椿树开始落叶。

这时，王寒露再次来到甸子上。

再次来到甸子上的王寒露对爷爷不太友好。

二毛因此生气了。就在王寒露不太友好地跟爷爷说话的时候，二毛冲了上去，冲王寒露大叫起来。

小小的二毛竟是如此勇敢！

王寒露照正在冲他大叫的二毛飞起一脚。

二毛一跳躲开，还是冲王寒露大叫。

李多多急忙跑上去，抱起二毛跑开。

寒露叔，你为什么使狠啊？二毛只是生气对你喊了几声，你为什么要踢它？二毛还小啊！它还什么都不懂！它虽然知道那片三春柳是送我的终点，知道那是迎候我的地方，也知道把目光贴在我的背上……可它却把我变成小鸟的事情告诉给爷爷……它还小，它还什么都不懂啊！它那样孤单，连野兔和小鸟都远远躲避它。寒露叔，你为什么要踢它！抱着二毛，躲在护甸小屋后面的李多多这样想。

从那以来，李多多始终为受了委屈的二毛难过。

10

也许是因为哪片草被人割了，也许是因为哪片草被牲口踩了，也许是因为别的什么，秋后结账的时候，王寒露没有付给爷爷工钱，而让爷爷继续留在小屋看护甸子。

那个冬天，大雪过早地覆盖了苦艾甸。可是，从护甸小屋到村小学，六里长的那段路很快就让李多多踩开了。远远看去，它像一条小溪，一条白色岸黑色水的小溪。

白茫茫的苦艾甸上，那紧紧簇拥在一起的十一棵高大的香椿树更加显眼，那片三春柳更加显眼，那座护甸小屋更加显眼。

每天每天，放学的时候，在那紧紧簇拥在一起的十一棵高大的香椿树下告别慧秀，李多多朝那片三春柳走去。李多多总是挺直腰杆儿走，因为他知道慧秀在后面瞅着自己。

大北风，又没有阻拦，所以，要挺直腰杆儿走总是很困难。不过，多大的困难都要挺直腰杆儿走。李多多这样要求自己。

当确定已经走出慧秀的视野，李多多才会弓下腰随便走，最后，找个地方坐下休息一会儿。

那些野花要等来年春天才能开放，金花鼠和刺猬已经躲进地下室睡觉，只有野兔和小鸟会看到这个情景。这就好，反正慧秀没有看到。这样坐下来休息一会儿，再走一阵就到那片三春柳与二毛会面了。

今天的北风好像比以往更大。

在那紧紧簇拥在一起的十一棵高大的香椿树下告别慧秀，

挺直腰杆儿走了一会儿，刚想找个地方坐下休息，李多多觉得身后有人。

王寒露！

王寒露走过来，蹲下身，把李多多背在背上。

白色岸黑色水的小溪里，王寒露走不习惯，一路东倒西歪。

背着李多多，东倒西歪的王寒露说话了。王寒露告诉李多多，他这是去给爷爷送看护甸子的工钱，并要把爷爷和李多多接回村里住，让爷爷和李多多带上二毛去南方的那座城市看望爸爸妈妈。

说这些话的时候，王寒露的肩膀一耸一耸，好像哭了。

给爷爷送看护甸子钱是高兴的事情，让爷爷我俩和二毛回村里住是高兴的事情，让爷爷和我带上二毛去南方的那座城市看望爸爸妈妈也是高兴的事情……说这些高兴的事情，寒露叔为什么要哭呢？是因为踢二毛一脚他难过了吗？李多多猜测着王寒露为什么要哭。

"叫我一声干爹吧。"又走了一会儿，耸动着肩膀，王寒露忽然对李多多说，"多多，叫我一声干爹吧！"

除了踢二毛一脚，是因为我从没叫过他干爹，寒露叔就哭了吗？李多多想。

"叫我一声干爹吧！"王寒露的肩膀耸动得更加剧烈。

为什么要叫你一声干爹呢？李多多依然没有吱声，而是伸出腿，踢了王寒露一脚。

金花鼠和刺猬都在地下睡觉；野兔和小鸟，你们看见我惩罚寒露叔了吧？李多多得意地看了看四周。

"叫我一声干爹吧！"王寒露不知道屁股已经受罚，还在恳求李多多。

李多多又把一条腿伸出去，可他却悄悄地收回来，没有再踢王寒露。一脚就够了！寒露叔也只是踢了二毛一脚。

那片三春柳渐渐出现在眼前。

李多多想，跑过来的二毛会笑咧嘴巴，因为二毛一定知道我已经为它讨回了公道。

笛声送我回家

你听过那样的笛声吗？红色的，鲜艳的红色。它可以染红小屋，可以染红小路，可以染红河流……可以染红我们所看到的一切，当然也包括沙原上的每一片枫叶。

此时，那笛声正徐徐飘来，在送一个孩子回家。

1

从小镇出发，向东，往沙原深处走三十里，在北牧河掉头走向南边的甩弯处，杨家水文站就在那里。

实儒爷在水文站上班。

平时，实儒爷很少来镇上，偶尔来了也是买完东西就走。

小镇里的人们都喜欢实儒爷，更尊敬实儒爷，见了他总是问这问那。当然，人们在跟实儒爷问这问那的时候，都忘不了向他身旁的那条狗摆摆手。

那条狗叫"黑雪"。

黑雪壮实得像头小牛，而且机灵懂事。

实儒爷买了东西往黑雪背上一放，几十斤重的东西它驮着就跑。

杨家水文站也曾繁忙过，也曾辉煌过，十几个人在那里检测北牧河的水文。而现在，杨家水文站只有实儒爷一个人了。

事实上，在十几个人撤出的时候，杨家水文站就已经失去了它的作用，也没有了存在的价值。上级水文部门撤掉了它的编制和名称，只是已经退休的实儒爷自己坚持留在那里。

听镇里人说，杨家水文站的旁边有一个村子，那个村子只有几户人家。实儒爷从省水利学校毕业到杨家村，那里才有了水文站。那时的实儒爷才二十来岁。

后来，杨家村的几户人家陆续搬走，一个村落消失，留下了杨家水文站。那个北牧河掉头走向南边的甩弯处全是坨子，往外走十几里几十里路也见不到一户人家。当年，县水文局多次调实儒爷回局里工作，可他始终不同意。

现在，实儒爷依然留在杨家水文站。

2

据说，在水文站附近，在北牧河掉头走向南边的甩弯处有一片枫树。秋天，那里一片火红一片沙沙声，如霞如歌的枫林叫行人不忍离去。在我们小镇的孩子当中，谁要是能摘来一片那里的枫叶，谁便会赢得伙伴们敬慕的目光。

我渴望得到伙伴们的那种目光。

3

正是枫叶红透的时候，我决定去北牧河，到实儒爷那里——到那里摘来一片火红的枫叶。

我是早晨从家里动身的，到实儒爷那里已经是傍晚时分。三十里路我竟走了一天！

所谓的水文站只有一座两个房间的小屋。小屋坐在坨坑里，低矮破旧，干打垒的土墙，红柳苫顶。

院子里没有人。

四周全是坨子，没有什么可看的，只是小屋东面的那片欧李棵子叫人的目光有了落处。

那片欧李棵子黑魆魆的，肃穆得很。它们当中有的依然举着一两片红叶。夏天留下的，鲜艳得有如花朵。

天快要黑透的时候，实儒爷回来了。

实儒爷是从小屋后面的沙坨上回来的。

在我的目光中，先是黑雪撒着欢儿地跑上坨子，然后是花杆（测量水位的杆子）一点儿一点儿升上来，一点儿一点儿升上来……最后实儒爷才走上坨梁。

实儒爷热切地同我招手，热切地同我寒暄，好像早就知道我要来似的。

4

在水文站的小屋里，可以清晰地听到北牧河的涛声，还有其间夹杂着塌岸的轰响。

我没有看见那片枫林。

那片枫林呢？那片火红的枫林呢？它沙沙的歌声哪里去了？我想，它也许就在附近，可却完全被掩盖在北牧河的涛声和轰轰的塌岸声中了。

我没说来这里做什么，实儒爷也没问。

吃过晚饭，实儒爷打开本子，坐在汽灯下开始写什么。

在北牧河的涛声和塌岸声中，我睡着了。

我一觉醒来，见实儒爷坐在汽灯下写着；又一觉醒来，见实儒爷依然坐在汽灯下写着；几次醒来，见实儒爷都是坐在汽灯下写着……不知道实儒爷在写什么。雪亮的汽灯下，实儒爷灰白的头发像被秋风揉乱的一团茅草。

早晨起来，实儒爷不见了，花杆不见了，所有的水文仪器不见了，黑雪也不见了……院子里空荡荡的。实儒爷又去寻河测量水文。

我不知道实儒爷是什么时候走出院子的。

5

我一次次爬上小屋周围的坨子远望，除了白花花的沙坨子还是白花花的沙坨子，没有看见枫林，连一块炕席大小的红色都没有看见。这样，我只得又一次次走回小屋前。

尽管我急于想得到那片火红的枫叶，可我不敢单独出去寻找枫林。在沙原上迷路，十有八九找不到归途。

实儒爷出去了，黑雪出去了，我一个人坐在小屋前没有事做。风咝咝地走过，那片欧李棵子发出沙沙的响声。

这样坐在这里实在没有意思，我就看天看云，看沙坨子，看偶尔从头顶飞过的小鸟……看过一遍再看一遍，一遍一遍反复地看。只有这些东西，没有别的可看。要不是为了那片枫叶，要不是为了伙伴们那敬慕的目光，我怎么也不会来到这里。

傍晚的时候，实儒爷终于回来了。实儒爷扛着一捆枯苇。那捆枯苇是实儒爷晚上和第二天早晨烧饭用的。实儒爷的院子里没有柴垛，连一根柴火也没有。

我责怪自己，白天没事看天看云看沙坨子，为什么没有想到给实儒爷割些柴火呢？于是，吃过晚饭，我就拿起镰刀走向小屋东面的那片欧李。

"星子，你去做什么？"实儒爷站在我的身后问。

"我想给你割些柴火。"我说。

"是想割那些欧李棵子吗？"实儒爷又问。

我点点头。

"告诉你，"实儒爷的声音不大，可听起来吓人，"别动它们，一棵也别动！"

我愣住了，站在那里。

"告诉你，一棵也别动！"实儒爷的声音颤抖着。

我一直愣愣地站在那里。

实儒爷从我手里拿去镰刀，慢慢地背过脸去，过了好半天才说话：

"星子，爷爷没吓着你吧？"

"没有。"我违心地说。

"你不知道，星子，这片欧李好呢！"实儒爷说。

实儒爷好像很难过。"这片欧李开花早——打春就开。开了花这里就是一片雪啊，洁白洁白的雪……"实儒爷的声音很低，"洁白洁白……飘着香气，那是香雪啊！然后就是火红火红的欧李。"

实儒爷这样对待一片欧李叫我感动。我哪里知道，实儒爷这样，是因为他的妻子和女儿。欧李地中有两个沙包。那两个沙包是两座坟——里面埋着实儒爷的妻子和他的女儿。

我还想听实儒爷再说些什么，可实儒爷却沉默下来。过了好一会儿，实儒爷走上坨脊，坐了下来。黑雪紧紧地跟着他。

夕阳戳在西边的坨子上，极红，像贴在那里的一张剪纸。此时，在我的眼前，实儒爷红了，实儒爷的小屋红了，那片欧李棵子红了，周围的坨子红了……黑雪也红了，整个沙原成了一片红蒙蒙的世界。

实儒爷坐在坨脊上一动不动，黑雪静静地看着他。我看着眼前这片红蒙蒙的世界，看着实儒爷，看着黑雪。不知道什么时候，实儒爷吹起了笛子。

笛声好像从很远很远的地方走来，不大却悠长有力。它带着淡淡的忧伤，似在回忆以往，似在讲述陈年的故事，似在追念走逝的亲人……听了让我不由得流出泪水。

此时，唑唑的风声远去了，北牧河的涛声和轰轰的塌岸声远去了。空旷的沙原上只回响着实儒爷的笛声。这笛声像是一只只红色的蝴蝶，一群群红色的小鸟，一朵朵红色的流云……在我周围翩翩飞舞。

黑雪紧紧依偎在实儒爷的身旁，静静地听着，似乎每一声它都听懂了，似乎每一声它都要记在心里。

6

实儒爷早晨出去，很晚才回来，整天都在北牧河上采集水文数据。院子里只有我一个人，小屋的四周静得让我害怕。

我依然一次次爬上小屋周围的沙坨子远望，看到的依然是除了白花花的沙坨子还是白花花的沙坨子，没有枫林，连一块炕席大小的红色都没有。我只得依然一次次扫兴地走回小屋前。

看天，看云，看沙坨子，看偶尔从头顶飞过的小鸟……看过一遍再看一遍，一遍一遍地看……除了这些，我没有什么可看的。

风从我身边咝咝地走过，院子里低旋着欧李棵子发出的沙沙声。一天、两天、三天……来这里四天，我觉得这四天漫长得像是四年，像是四十年。

实儒爷一直没有问我来这里做什么，我也一直没说。

7

枫林呢？那片火红的枫林呢？

我要去寻找那片枫林，再危险也要去寻找。找到它，摘一片枫叶，摘一片枫叶就马上赶回镇里。举着那片枫叶，满身都是伙伴们敬慕的目光啊！

伙伴们那敬慕的目光会叫我感到满足。

早晨，实儒爷背着水文仪器刚走，我就离开了小屋的院子。我要走进沙坨子找到那片枫林。

叫我意想不到的是，没等我走出多远，黑雪竟然跟了上来。几天相处，黑雪已经成了我的好朋友。我乐了，有黑雪相伴我就不会迷路了！

8

走进沙原，寻找半天，没有找到。别说枫林，就连一棵枫树也没有找到。

走着走着，我的脚步不由得慢了下来。我走不动了。

这时，南边的天空忽然暗了下来。紧接着传来呜呜的声响。有几只沙鸡惊慌地从我眼前飞过，像一团团沙蓬；紧接着，又有几只沙鸡惊慌地从我眼前飞过……

沙暴？是沙暴要来吗？我问自己。

沙暴！是沙暴！

我害怕了。遇到沙暴，别说像我这样十二三岁的孩子，就连壮年汉子也是九死一生！

沙暴来得迅猛，一下子就把我裹在里面。此时，每走一步我都要费很大的力气。黑雪似乎不知道害怕，围着我跑前跑后。实儒爷呢？实儒爷在哪里呢？

现在要是能遇到一个大人多好啊！可沙原上很少有人来，现在又哪里会有人？

我想错了。现在，实儒爷就跟在我的身后。

早晨，实儒爷看出了什么，猜想我要走进坨子寻找枫林，就把黑雪留下陪我。他检测着水文情况，忽然预感有沙暴要来，便从北牧河赶来，连花杆等水文仪器都没有来得及送回水文站。

当我看到实儒爷，就再也支撑不住了，一下子瘫坐在地上。我太累了。

实儒爷上前拉起我。"走，星子，不能停下！"实儒爷说。

"实儒爷，让我歇一会儿，我走不动了。"我喘息着，断断续续地说。

"走，不能停下！"实儒爷说，"星子，不能停下……我知道你来这里做什么……不能停下……你不说我也知道。"

我来这里做什么？我要摘一片枫叶，我要赢得伙伴们敬慕的目光！我没有说，实儒爷，你怎么会知道呢？

"这里有一片枫林，一大片枫林。星子，你找到了吗？"实儒爷说，"现在，那里所有的枫叶都红了。"说着，实儒爷从衣兜里拿出一片枫叶。

"我摘来一片送给你。"实儒爷接着说，"你来的第二天我就走进那片枫林给你摘来了。"

那是一片火红火红的枫叶。

"可我一直把它揣在兜里……"实儒爷又说。

我接过那片枫叶，再次振作精神，朝前走去。黑雪在前面引路，然后是我，实儒爷走在最后。

风越来越大。它打着旋，前后左右推搡着我，似乎是想把我扔到上天，又似乎是想把我摁进地里。我颤抖着，摇晃着……走在沙暴里。走，走……不能停下，一直走，一直走……后来我站不住了，只能趴在地上，爬着走。我不敢停下，实儒爷也不让我停下。我知道，在沙暴里哪怕只是停下一小会儿，也有被沙子埋掉的危险。沙原上，这叫"沙吃人"。

爬着爬着，不知道爬了多长时间，不知道爬了多远，最后，我就什么也不知道了。当我醒来的时候，实儒爷在沙暴里爬着，而我则趴在实儒爷的背上。黑雪走在前面。它的身上系着一条绳子，拖着花杆等水文仪器。

我不知道黑雪拉着这些水文仪器走了多久，不知道黑雪拉着这些水文仪器走了多远的路。趴在实儒爷的背上，我看着黑雪。不知道又走了多长时间，不知道又走了多远，黑雪终于坚持不住，倒下了。

实儒爷爬过去，解下黑雪身上的绳子，系在自己的腰上……拉着花杆等水文仪器继续向前爬。

黑雪躺在那里。我忽然意识到了什么。"黑雪！"我喊道。

我挣脱实儒爷的手，滚落到地上，我要拉起黑雪一起离开这里。实儒爷拉住我，重又把我背到背上……

"黑雪——不能扔下黑雪！我们不能扔下黑雪！不能让黑雪遭遇'沙吃人'！"

我呼喊着，用力捶打实儒爷的脊背。

实儒爷不吱声，只是默默地向前爬着，爬着……天完全黑下来的时候，实儒爷背着我爬出了沙暴。

9

第二天，实儒爷找回了黑雪。从坨子深处回来，实儒爷抱着黑雪走向水文站，走向小屋东边的那片欧李……

那片欧李地又隆起一座沙包。

"星子，你不知道，这片欧李好啊！"埋完黑雪，实儒爷这样对我说，"这片欧李开花早，打春就开……开了花这里就是一片雪啊！洁白洁白……飘着香气，那是香雪啊！然后就是火红火红的欧李。"说完，实儒爷就默默地坐在那里一动不动了。

我看着实儒爷。

"可现在不是春天……"过了半天，实儒爷又说。黑魆魆的欧李棵子在秋风中摇曳着，发出一阵阵沙啦啦的响声。

"星子，你已经来五天了吧？"实儒爷忽然这样对我说，"该回镇里了。"

我没有吱声。

"星子，你回去吧。"实儒爷又说。

我还是没有吱声。

"爸爸妈妈惦记着你，老师惦记着你，同学们也惦记着你啊！"实儒爷的声音低了下来，"星子，快回去吧！"

我依然没有吱声。

"伙伴们也在等着你啊！"实儒爷继续说。

实儒爷没有提起枫叶，没有提起那片在沙暴中送我的火红的枫叶。"伙伴们都在等着你啊！"实儒爷的声音越来越低。

我哭了。

实儒爷没有提起枫叶，一直没有提起那片在沙暴中送我的火红的枫叶。我觉得，我已经得到了一片珍贵的枫叶，一片世界上无比珍贵的枫叶。

今年，我看不到欧李花了。明年开春我来，那时，这里该有一片雪，一片洁白洁白的雪；一片飘着香气的雪，那是香雪。

10

告别那座小屋，告别杨家水文站，告别北牧河……揣着实儒爷在沙暴中送给我的那片枫叶，我走在返回小镇的路上。

这时，我的身后响起了笛声。我知道，是实儒爷在吹笛子。

实儒爷吹着笛子，只是，再没有紧紧依偎在他身边的黑雪，再没有静静倾听他笛声的黑雪；小屋前，只坐着实儒爷一个人。现在，倾听他笛声的只有那一座座沙丘，只有那片黑魆魆的欧李棵子，只有黑魆魆欧李棵子里的那三座沙包，只有那花杆等水文仪器……只有整个沙原。

那笛声徐徐飘来，红色的，鲜艳的红色。它在回忆以往，在讲述陈年故事，在追念远去的亲人……低沉却没有半点儿忧伤。

此时，唑唑的风声已经远去，北牧河的涛声和它轰轰的塌岸声已经远去，整个沙原只回响着实儒爷的笛声。

沙原变得更加肃穆沉寂。

我从衣兜里掏出那片枫叶，那片实儒爷在沙暴中送给我的枫叶，慢慢地把它举过头顶……我知道，在实儒爷的笛声中，它已经变得更加鲜艳，也变得更加美丽迷人了。

沙原篝火

1

爸爸坐在驴背上，驴背上还有一个褡裢。旺来牵着驴，急急地走在前头。

旺来是陪爸爸去城里治病。

小毛驴的步子很拖沓。前天上的路，昨天走得又急，所以小毛驴有些乏。

爸爸一个劲儿地咳嗽，弓着腰，两手挂着褡裢，像是护着它，又像是靠它支撑着身子。

褡裢里装着根雕。

爸爸对根雕太痴迷了。

沙原上的树根和其他地方的树根不一样，尤其是山杏根和黄柳根，根结大而怪异。爸爸把枯死的树根弄回家，反复琢磨，拿着刻刀，有时对着一个树根一坐就是半宿。镇中学的美术老师看了爸爸的根雕，说："这些作品，到大城市准能卖个好价钱！"有一次，村里来了几个城里人，说是采风的，他们看了根雕，都要买。可爸爸不卖，多少钱也不卖。

爸爸有病已经一年多了。旺来催他去治，可爸爸总是拖，现在是不能再拖下去了。

前天，旺来把根雕装进褡裢后，哭了——家里只有这些根雕能卖钱。可这些根雕都是爸爸心头上的肉啊！装完褡裢，旺来牵来小毛驴，把爸爸扶上驴背……

2

正是冬天，太阳漠然地悬在空中。沙原上干冷干冷的，没有一点儿风。你若细看，几天前小鸟的爪印还清晰地留在坨子上。

四周一片沉寂。

这是沙原的腹地，没有草，没有蒿子，没有树木……一片白色，让人的目光没有落处。若是偶尔看见一棵草，人们的目光会在那棵草上滞留很久，似乎是想数出它穗子上有多少颗籽粒。可是，很难看到一棵。

爸爸一路无话，只是一阵紧似一阵地咳嗽。

两天了，爸爸啥也不吃。

3

太阳下滑得很快。

爸爸坐在驴背上，一直看着沙道。

"旺来，紧打两下毛驴。咳——咳咳！让它快些走。"爸爸说。

上路以来，这是爸爸说的第一句话。

旺来狠打了几下小毛驴，把脸扭向爸爸："爸，你觉得不好吗？"

"好——你就快赶小毛驴吧，旺来！"爸爸又说。

沙原又归于沉寂。

"你看到这两行脚印没有？"过了一会儿，爸爸问旺来。

旺来没有吱声。

"这两行脚印……有些乱呢！"爸爸接着说，"这两个人……咳，咳咳！真笨！"

旺来还是没有吱声。

"看样子，这脚印至少是前天留下的。"爸爸继续说。

"爸！"旺来的声音很低。

"旺来，咳咳咳——旺来，你狠点儿抽小毛驴！"爸爸催促旺来，"狠点儿抽！"

坨道岔出一条小路，两行脚印朝小路岔去。

那条小路其实是野兔，或者是狐狸蹚出的。钻进坨里，小路就渐渐地消失了。

爸爸让旺来站住。

"那两个人迷路了，就在坨子里。"爸爸看着旺来。

"爸！"旺来扭过脸，不看爸爸。

"那两个人……"爸爸继续说。

"爸，你的病不能再耽误了！"旺来喊了起来。

"孩子，他们迷路了，是两个人呢。"爸爸的声音很低，却有力量，"两个人！"

"爸，你别说了……我听你的。"旺来低下了头。

小毛驴岔到小路上。

小路渐渐变浅，最后消失。而那两行脚印却越来越清晰，越来越凌乱，东拐一下西拐一下。看得出，那两个人走路已是踉踉跄跄。

迫近傍晚，还没找到那两个人。

沙原上又冷了许多。

这时，太阳压在了坨背上。它似乎离人近了，变得硕大无比，也变得更红更艳了。沙原上到处扬着金粉。

爸爸的脸一面让夕阳照着，通红；一面埋进暮色里，黝黑。

沙原很辉煌，只是冷，干冷。

过了一会儿，太阳滑到了坨子那面。沙原上忽然暗了下来，有的地方出现了黑色，而且黑色在不断扩大。

"旺来，狠抽小毛驴……咳咳——天黑前一定要找到那两个人！"爸爸说。

4

旺来和爸爸终于找到了那两个人。

他们一老一小，蜷在坨坑里，一动不动。

这是两个外地生意人，旺来见过他俩。

爸爸走过去，扶起那个上年纪的，又扶起那个年轻人，让他俩靠坐在坨坎上。两个生意人的脸色青白，没有一点儿血色。爸爸做这些，他俩没有一点儿反应。

扶起那两个生意人之后，爸爸蹲在那里咳了好一阵。咳完，爸爸也没站起，依然蹲在那里。

天已经完全黑下来，爸爸的脸全都埋进了暮色里。

旺来拉着小毛驴站在一旁。

小毛驴不停地倒着脚，它太累了。

坐了一会儿，那两个生意人又躺了下来。

四野静得很，没有一点儿声音。

"旺来，怎么办？"爸爸问。

"爸！"旺来的声音似乎在嗓子里。

"怎么办？"爸爸又问。

"爸……"旺来的声音还是那样低。

爸爸又接连问了几遍，旺来一直没有回答。

寒气一层层围过来，旺来开始打哆嗦。

"这里需要一堆火啊。"爸爸说。

"爸！"

爸爸站起身，走近小毛驴，取来褡裢。

"爸……"

旺来看着爸爸。

爸爸从褡裢里拿出根雕，把它们一个个摆在地上，架起，然后在架好的根雕下放一把枯草，又放一撮火柴。火柴头一律朝上指向枯草。

"爸，你这是……"旺来吃惊地问。

爸爸没有吱声。

"爸，不能！"旺来疯了一样扑上去，要抢下根雕，"我们要卖掉它们，要卖掉它们给你治病呢！"

一巴掌打在旺来的脸上。

一个趔趄，旺来倒在了沙地上。

"爸，你要治病呢！烧了根雕，用啥治病啊？"旺来哭了，"爸……"

爸爸依然没有吱声。

"爸……"

"旺来，他俩躺着呢。"爸爸看着那两个生意人，"他俩是冻的，他俩需要一堆火啊！"

"爸！"

"旺来，你把这堆火点起来吧！"爸爸说，"替爸爸点起来。"

"爸……"

"旺来，给你火柴……"

旺来擦去泪水，爬起来。

爸爸背过脸。

旺来走过，接过火柴，手不住地抖动。

"点吧！旺来，快点——那两个人等着呢！"爸爸说。

旺来拿着火柴，手在不住地抖动。

"点吧！快点儿！那两个人等着呢！"

一堆火终于燃起。

爸爸看着那堆火，旺来也看着那堆火——父子俩一动不动，静静地看着。

火苗开始很小很弱，可它越来越旺，越来越旺，由暗红变成橘红，呼呼地上下跳跃，把两个生意人的脸映得一明一暗，一明一暗……

这是冬夜里沙原深处的篝火啊！

5

旺来和爸爸一起，坐在篝火前，等待那两个迷路的生意人醒来。

银色麦田

1

那年，老人在莲花泡子北面选中一片地种了麦子。

沙原上，从没有人种过麦子。作为沙原人，老人不能不知道这一事实，也不能不知道为什么会有这样的事实。老人破例了。老人像个孩子，他种这片麦子完全是出于好奇和幻想。"沙原上怎么就没有麦田呢？等我收了麦子、蒸出白花花的馒头、烟囱上飘出麦秆的香气以后，沙原上就该有第二片麦田了，有第三片、第四片也说不定呢！"老人这样对自己说，"等着瞧吧！"

老人满怀希望地撒下麦种，而坨子里的土质就是那样，尽管那片地靠近泡子，土质也好不到哪儿去；又受种植技术和其他方面因素的限制，所以，那片麦子的长势不会太好。但是，细矮稀疏的麦子总算覆盖了地面，让沙原多了一片绿色，还将让沙原多出一片金黄。这让老人得到一些安慰。

那时的舞者还小，才刚刚一岁。

舞者的家在距麦田五六里外的老杨坨上。

2

舞者的一次次造访终于被老人发现。一只野兔像走回家里一样走进自己的麦田，这是老人怎么也没有想到的事情。看着舞者一蹦一跳地在自己的麦田里走来走去，老人笑眯了眼睛，心里像淌过一缕缕春水。

在这以前，老人并不经常来麦田。麦苗破土了，继而放叶、拔节、秀穗，给了沙原一片绿色，然后再给沙原一片金黄，接下来割下麦子蒸出白花花的馒头，烟囱上飘出麦秆的香气让人们来瞧，这已经让老人十分满足。对于一片麦田，还能有什么更多的奢求呢？所以，在老人的心里，它与一片玉米、一片高粱或者一片黄豆没有什么区别。

然而，因为一只野兔，这片麦田在老人的眼里变得不同一般了。

有一段时间，为了能和舞者见上一面，老人天天守在麦田的远处。而舞者并不是天天都来麦田。

"你有自己的名字啦，小东西！"有一天，老人又一次见到舞者，对它说，"从现在开始，你就叫黑耳朵吧！跟你说，你就叫黑耳朵！"

老人给它起这个名字，是因为舞者长着一双与众不同的黑色耳朵。

由于舞者的造访，老人开始重新考虑对这片麦子的处理方案。当初的"蒸出白花花的馒头，烟囱上飘出麦秆的香气，等着让人瞧"退出了老人的思考范围。而把麦茬留在麦田，把麦秆留在麦田，把更多的麦穗留在麦田，则成了老人的最终决定。

于是，麦熟之后，老人割下麦子，连同麦穗一起，把麦秆垛在麦田的周围，形成麦秸垛。

一座座麦秸垛是老人送给舞者的礼物。

冬天里，舞者光顾老人麦田的次数越来越多，停留在麦田里的时间也越来越长。对于年纪还小的舞者来说，在冰雪覆盖的沙原上很难找到食物，藏身之所也无处可寻，而麦田可以帮它解决这两个问题。原因就在于这里有麦秸垛。舞者可在麦秸垛里尽情享受老人留给它的麦穗和蒿草；而且，饱餐之后，钻进麦秸垛又可抵御寒冷。所以，暂时还没有自己府第的舞者就毫不客气地把老人的这片麦田当成了一处客栈。

3

老人第一次走近舞者并能抚摸它那双特有的黑耳朵，是在那年的冬天，是舞者拖着一条伤腿蹲在坨坑里。

是野狗发现了舞者。老人把舞者抱回小镇。

"爷爷，它这是怎么了？"回到家里，孩子看着受伤的舞者，睁大眼睛问老人。孩子跟爸爸妈妈住在省城，寒假里来看望爷爷。

"没怎么。"老人说，"风大雪大，冰滑，地也滑，又没有像样的路……它是那样淘气……没什么……它这就好了。"

对于才九岁的孩子来说，很多东西都不应该让他知道。腿被野狗咬伤，却说"没什么"，这让老人的心里难过。

镇上很多人知道老人捡回一只野兔，都来看新鲜。

别人来，老人都是乐呵呵地把舞者的一些事情说给他们听，而二拐子的到来却让老人感到惶恐不安。

二拐子的这个名字不算顺耳，可叫"二拐子"的这个人原来也有一个很好听的名字，而那个很好听的名字却在一次追打野兔的过程中弄丢了。那时，还不叫"二拐子"的他才十八岁。那次，他只顾前面的野兔拼命奔跑而忽略了脚下，结果踩塌沙鼠洞弄断了一条腿。从此，道路对他来说变得不再平坦。在炕上静躺三个月，二拐子（是谁给他起了这个名字？没人说得清楚。他为什么欣然接受了这个名字？没人知道）起来后所做的第一件事就是做一根"宝撸"（"宝撸"是蒙古语，是一根又粗又短的榆木或者其他硬杂木的棒子，专门用来对付野兔），然后走进坨子。虽然没有收效，而他的热情依然不减。

半个月后，舞者的腿伤痊愈。一天夜里，舞者撞开老人的房门跑了出去。

老人有些隐隐的担忧。黑耳朵能走出小镇吗？路那么远，又那么难走，黑耳朵能走回老杨坨吗？有野狗拦着，走出小镇重回沙原真不是一件容易的事情。就是走回老杨坨了，黑耳朵还能再去那片麦田吗？还有，二拐子会不会发现它的踪迹呢？会不会跟着它走上老杨坨？会不会跟着它走进那片麦田？一个又一个问号让老人心里不安。

4

尽管还没有见到那片麦田，可是，因为爷爷，因为舞者，孩子开始着手为它做些事情了。

第一件、第二件、第三件……一件一件，孩子持续为麦田做了很多很多事情。

为麦田所做的第十二件事情，是一篇童话给孩子的启发。

孩子为麦田做了一个蒿草人。

一条木棒腿，细身子小脑袋，高挑的个头儿，这是蒿草人的整体轮廓。没给它戴帽子，没给它戴手套，连背包也没让它背。冷啊热啊都不在孩子的考虑范围，肩上没有背包是让它别动远行的念头而一心站在这里做守护工作。制作那个蒿草人，孩子想要突出的是它的两条胳臂和一双大眼睛——胳臂细长，轻风中也能舞动；那双大眼睛呢，则必须一直注视远方。孩子让它既能表达热情又做到神情专注。

在孩子的意识里，蒿草人不仅看护着麦田，也做着迎送舞者和舞者伙伴的工作。

孩子回到省城，把他的蒿草人留在麦田中央。

5

关于舞者的归程，老人的担心没有必要。撞开老人家的房门，跑出院子，舞者没有在小镇做片刻停留，躲过野狗，几蹦几跳便投入沙原，径直回到老杨坨。

回到老杨坨，舞者开始用更加警惕的目光审视周围的一切，也开始更加谨慎地对待周围的一切，那野狗给了舞者太深刻的教训和记忆。

以后的日子里，经历的一件件事情、一次次磨炼、一个个教训……让舞者渐渐长大，渐渐走向成熟，最后走上野兔王的位置。

和所有的动物一样，野兔也有它们各自的活动范围。可以这样说，这个活动范围就是它们的家园。

为什么要选择老杨坨为活动范围？又为什么要以那棵老杨树为活动中心呢？舞者当然有它自己的想法。

老杨坨上有成片成片的混交林，那里便于觅食藏身；那个长着老杨树的沙坨子是这一带最高大的沙坨子，站在坨顶既可以观察周围的情况，它平缓的坡子又不会影响奔跑速度；还有，往北，距离这棵老杨树二里远的地方有一片沙棘，沙棘林里便于脱身躲藏，是理想的避难场所；再往北一里路有一道延伸四五里长的沙坎，它是所有不怀好意的来者又一天然障碍；更主要的是，穿过那片沙棘、跃过那道沙坎是莲花泡子和大片大片的农田。莲花泡子和那大片大片的农田虽然远一点儿，可仍是舞者努一努力可以到达的地方。对于野兔来说，水不可或缺，大片大片的农田也可以为改善伙食提供方便。

所有这些，构成了舞者常住老杨坨的主要原因。

一般野兔的活动范围方圆不过四五公里，而舞者的活动范围却有八九公里，甚至更多。一般的野兔总是把活动范围当作自己的家园固守，不越雷池半步；而舞者却不把自己禁锢在老杨坨一个地方，它经常跨越疆界，游荡四方，过着流浪生活。舞者的具体做法是，春夏寻找茂密的幼林和灌木丛，在那里觅食、玩耍、交朋友；深秋和冬天则另辟疆域，吃饱喝足之后，躲在土崖下、坨坑里或者沙岭间，观看风怎样走过蒿草、树木怎样起伏、雪花怎样飞舞，以及四周的风景怎样变化……游荡四方，然而，这并不表明它不喜欢老杨坨。事实恰恰相反。舞者不肯无谓地糟蹋这里的一棵蒿草，不肯破坏这里的一道沙梁，不肯大声呼喊打破这里的平静宁和，如此等等，用这些行为表明自己对老杨坨的一片真情；再就是，舞者用在这里大兴土木的方式证明它对老杨坨的热爱。

在自己的活动范围内，舞者东一个西一个地搭建了很多很多栈房。作为野兔王，舞者郑重地把它们称为府第。八棵树府第、两块石府第、半面坡府第、一树花府第……舞者给它们一一亲封名字。当然，这些府第的名字也只有舞者自己这样叫。

对于舞者来说，搭建这些府第实在简单，用不着设计图纸，用不着选购建材，用不着邀请任何一家建筑公司加盟……用前爪挖一个浅浅的小坑，就地取材，随便找些草叶树叶铺上去权当床铺被褥，四周适当地竖些草梗蒿秆，一项宏伟工程就算大功告成。每一个府第的建筑结构和建筑规模都大致相同——前浅后深，形如簸箕，无顶无盖无房墙，不用太大，容下四肢即可，身子则完全可以露在外面。搞这样与人类大相径庭的建筑，舞者是不是疏于考虑呢？回答是否定的。为什么这样说呢？告诉你吧，这样府第的最大优点是受到威胁或者外出觅食便于离去。在我们看来，舞者这些府第的规模算不上宏大，结构也谈不上复杂，府第内和府第的四周更是没有任何陈设。舞者是一个地地道道的实用主义者，对于这些府第，它不搞任何室内装修和外部环境美化，而安全舒适则是它考虑的首要问题。比如说，专供热天住宿的府第，它一定是南靠一面土坡或者一块石头、一棵大树，以避阳光曝晒，而让北风顺畅走来。在距离专供热天住宿的府第不远，一定会有另外一个府第。它必定是北靠土坡或者石头、大树，以便拦截北风而直面迎接太阳的光芒。不用说，这个府第是专供冷天下榻所用。距离这样两个府第不到一百米，必然还会有另外一处建筑。那个府第建在坨子的半坡上，府第的顶上会有一块石头或者一棵大树。很显然，那块石头或者那棵大树充当了府第的顶盖，用以遮挡雨雪。一处一处，以这样的三个府第为一组，形成舞者的一个个住宅小区。小区里三个建筑的格局、风格和处所的方位各不相同，却有一个共同的特点，那就是隐蔽性强。蒿草、树木、石头是天然屏障，再加上舞者的巧妙装饰，每个府第都与周围的环境融为一体天衣无缝。因此，任何一处府第都会让任何一个人和任何一种动物难以发现。

与所有野兔的境遇相同，很多动物都想方设法要找到舞者，可现实总是让它们一次又一次叹息失望。从某个角度上说，这不能不归功于舞者巧妙的建筑。寻找舞者的时候，可能追捕者在舞者的府第前走过并猜想着野兔究竟躲在什么地方，而此时，舞者却正蹲在府第里看着你怎样一步一步走近又怎样一步一步走远。

八棵树府第、两块石府第、半面坡府第、一树花府第……这些府第分布在舞者活动范围内的各个地方。所以说，从老杨树下出发，舞者走在自己活动范围内的任何一处都有一个安全舒适的下榻之所。

可以说，在舞者的意识中，游荡四方浪迹天涯，终归要回到老杨坨。老杨坨才是自己的真正家园。

6

与很多野兔不同，舞者喜欢高处。

一场游戏过后，站在高高的沙岗上，身后是广袤的沙原和淡蓝的天幕，下面有伙伴们羡慕的目光……阳光会柔和地勾勒出自己的轮廓，这是舞者的一种感受。远远看过来，自己会像一幅剪纸贴在天幕上，会像一尊雕塑立在沙岗上，那是多么风光的时刻啊！这是舞者的另外一种感受。

远处，哪棵草秀穗了，哪朵花躲在草丛里眨着眼睛，哪只小鸟在寻找伙伴……还有，哪里走动着黄鼠狼和狐狸……都在自己的眼睛里。"走啊！"从沙岗上跑下来，去哪里就餐，去哪里看风景，去哪里做游戏……舞者总是一马当先。

舞者喜欢晨光染红的一座座沙坨子，也喜欢夕阳挥洒光芒后沙原渐渐变暗变黑的景象，更喜欢阳光下小鸟鸣唱、刺猬和田鼠四处游走的情景……而月下世界才是它的最爱。

头顶是一轮圆月，蒿草树木都穿着洁白的衣衫，坨子上所有裸露的地方都铺上了银色的地毯。离开府第，舞者来到自己喜欢的地方。饱餐之后，身披圆月送给的晚装，四处走走看看或者坐下来思考一些问题，这是舞者最最幸福的时候。需要的话，可以用舞蹈表达一下心情。

选择荒坡上的一小块空地做舞池，"咕——咕咕咕！"唤来一群伙伴共舞，那是舞者最最惬意的时候。一会儿赶来一个伙伴，一会儿又赶来一个伙伴，一会儿再赶来一个伙伴……你带来半面坡的紫苜蓿草香，它带来两块石的野豌豆甘甜，我带来一束花的鲜艳色彩……大家聚在一起只为那声呼唤。跳吧，尽情地跳！一会儿你领舞，一会儿它领舞，一会儿我领舞……不管谁当领舞，主题是共同的，那就是欢乐。舞池铺着银色的地毯，周围的蒿草树木站成影影绰绰的屏风，圆月近在头顶……舞蹈让大伙更加亲近友好。"咕咕咕——咕！"舞者跳着舞，依然在不断地呼唤。随着舞者的唤声，前来加入这个舞蹈队伍的野兔越来越多。跳啊跳，它们尽情地跳。

如果伙伴们在忙着做什么事情或者身处远方赶不过来，举办一场独舞表演也是一件令人愉快的事情。舞者这样认为。

事实上，大家聚到一起的时候并不多，更多的是舞者独享这份快乐。

四周静悄悄的，这个舞池属于一个人。此时，这片荒坡是自己的，近处远处的沙坨子是自己的，沙坨子上所有的东西是自己的……一句话，整个月下世界都是自己的。舞者感到自己了不起。伸出前爪，再次洗去脸上的草屑和尘土。舞蹈时，舞者更让自己干净整洁。有月亮送给的轻纱，所有的演出服装都变得多余；至于舞鞋，还有比一双软皮靴子更适合跳舞的吗？所以，走进舞池，舞者用不着为自己准备任何行头。轻轻抬起腿，再轻轻放下，舞者看看脚下，生怕踩碎了这片月光。舞步是不会破坏任何东西的，何况月光？看一眼月亮，舞者对自己说。快乐兴奋的情绪早已涨满，这样，一个爪尖儿点地造型，亮给周围的蒿草树木看过之后，舞者进入角色。用不着音乐，"呛呛恰——呛呛恰！"舞者在心里为自己打着节拍。伸展腰肢，舞动双臂，大跳，小跳，旋转；再大跳小跳旋转，不断地大跳小跳旋转……月光在脚下飞溅，周围的蒿草树木在轻轻摇曳，夜行鸟的叫声挂在空中……舞者以野兔特有的舞步让自己陶醉，让自己的影子陶醉，让身边所有的东西陶醉，让远在天空的月亮陶醉……

这样的时间过得真快。

月亮离开沙坨的脊背，慢慢升上中天又慢慢滑下去；周围由黑暗变成一片皎洁，又由一片皎洁变回黑暗……对于这些，舞者全然不知。"呛呛恰——呛呛恰！"舞者始终在心里为自己打着节拍。

没有掌声，四周依然静悄悄的。

东方泛起的微微白光提醒舞者，是结束表演的时候了。这样，舞者再一个旋转大跳，紧接着回望造型，算是给自己今夜的独舞画上句号。

告别舞池，舞者踏上返回府第的道路。用舞步走回府第，用舞步迎接即将升起的太阳，这是舞者生活中的一个重要组成部分。

7

对于很多动物来说，野兔肉是不可多得的美味。因此，与玩耍、跳舞和做游戏相比，摆脱猎杀就成了野兔随时随地要演出的大戏。

可以说，那样的大戏不分时间，不分地点，每场都算得上精彩激烈。

生活给舞者很多知识和很多经验：不走老路；知进知退；锁定标志，找准方向；不贸然走回府第也不贸然走出府第；除了月光和阳光之外，不贪恋任何一点儿光亮；竖起双耳，时刻保持警惕……舞者时时处处这样告诫自己。

野兔也怕有名气。

想想看，一双黑色的耳朵在蒿草间、树丛里晃来晃去，是不是很招人耳目？

所以，慕名前来老杨坨找舞者麻烦的家伙络绎不绝，而舞者总是不费太大力气就能一一破解。

滋事者如果是一条狼或者是一条恶狗，舞者会直奔老杨树北边的那片沙棘。沙棘枝条形成的幽深隧道让那条狼或者那条恶狗只能看着舞者钻进沙棘林而无计可施。滋事者如果是狐狸，舞者会依然直奔老杨树北边的那片沙棘，穿过沙棘林继续向北跑。狐狸虽然能够钻过沙棘隧道，可它却不能轻松越过那道沙坎。而凭借舞者的功夫——一蹿两米高，一跳三米远，跃过那道沙坎和走平地没有太大区别。等狐狸钻过沙棘林爬过沙坎，舞者早已无影无踪了。用不着和那些滋事者说再见，再往前跑一程，绕过莲花泡子顺便到那片麦田里看望蒿草人、改善一下伙食算是给这次行程画上句号。

有些时候，外物和地形不能给舞者太大的帮助。具体地说，险情并不总是发生在沙棘林和沙坎附近。离开那片沙棘和那道沙坎，舞者的自身安全就要全靠奔跑的速度、高超的技巧和生存的智慧了。全速奔跑是必须的，躲闪迂回更是舞者经常使用的战术。前面是广阔的沙原，身后是穷凶极恶的追兵，那是舞者最为危险的时候。不过，用不着害怕。看准方向，舞者会竭尽全力地奔跑跳跃。这期间，有时是行进跳，有时是碎步前行，舞者随时审视着形势的发展变化而采用不同的方略。往左跑，往左跑……一直往左跑；也许是往右跑，往右跑……一直往右跑，跑出一个大大的圆圈儿。抿着耳朵，放下两面"黑色的战旗"，舞者就这样在这个圆圈儿上跑，一直跑。一圈儿、两圈儿、三圈儿……脚印摞着脚印，让追兵眼花缭乱，最后要让追兵搞不清前面有几只野兔在奔跑，搞不清前面的几只野兔在往哪里跑，搞不清前面的几只野兔在怎么跑……而舞者呢，则越跑头脑越清晰，越跑思路越明确，跑着跑着，找个能够隐掩脚印的地方，跳出圈儿外，躲在一边，等待时机逃之夭夭。

在躲避敌人追捕的时候，除了躲闪迂回之外，行进跳加观察跳也是野兔常用的有效战术。行进跳是往前奔跑；观察跳不是往前跑，而是往高处蹿蹦，让自己的脑袋高出所有的蒿草树丛，把周围的情况观察清楚。一只小兔子或者没有经验的野兔每三四个行进跳之后就做一次观察跳，这样做不仅浪费前进的时间，也容易暴露目标。聪明的野兔要八九个行进跳之后才做一次观察跳。而舞者呢，在奔跑的时候要十五六个行进跳后才做一次观察跳。在做观察跳的时候，它会把两只黑耳朵像旗帜一样高高竖起。这不是要把自己漂亮的耳朵亮给对方欣赏和展示自己必胜的信心，而是在做有实质意义的事情。在这一次次观察跳中，舞者要用眼睛和耳朵把所有需要的情报采集齐全。

看着很长时间才从蒿草树丛中露出一次的野兔，看着那旗帜一样高高竖起的两只黑耳朵，有经验的追捕者知道自己遇到了强者，只得放弃当初的想法而沮丧地停下追赶的脚步，眼看舞者渐渐远去。而那些涉世不深的狂徒却还是穷追不舍，最后把自己累倒趴在地上而不得结果。

用这些方式结束一场场游戏，免去和追捕者的告别仪式，舞者回到自己的府第，好好地洗一洗脸，让自己彻底干净之后，趴下来想想下一步该做的事情。

对付在地面上行走的敌人如此，对于来自天空的鹰隼，舞者也有制服它们的办法。

总的来说，舞者继承了祖先所有的战术技法并进行发挥创造，用它们捍卫自己和野兔家族的尊严与生存权利。

就这样，在一场场大戏当中，舞者总能笑到最后。

8

五月，正是麦熟时节。

那片麦田散发出的特有香气时刻召唤着舞者，还有，那个蒿草人也时刻召唤着舞者。

快去那里！舞者对自己说，快去那里吧！

"咕咕咕——咕！"舞者召唤伙伴，邀请它们跟随自己一起去那片麦田。舞者告诉伙伴，麦田里有老杨坨上没有的东西。伙伴们感到新奇，跟着舞者跑了一阵却都不约而同地停住脚步。固守家园的理念战胜了新奇感，它们不想长途跋涉冒那份风险，觉得老杨坨就已经是整个世界。

一次次召唤一次次失败，舞者只得自己前往。

很多时候，舞者都是选择从老杨树下出发。向北，走过那片沙棘林，跃过那道沙坎，绕过莲花泡子，再走上三里路就是那片麦田了。方向是这样，终极目标是这样，而舞者每次前往麦田的具体路线却不尽相同。这是出于对安全的考虑。

对于那片麦田，舞者有着太深刻的记忆。

一般的麦田里不可能允许其他植物存在，而老人的麦田除外。黄蒿、珍珠蒿、差巴嘎蒿、稗草、旱芦苇……都可以心安理得地在里面安家落户；因为，在这里，它们可以享受与麦子一视同仁的待遇。原因来自舞者。老人想，玩耍完毕，品尝过麦穗之后，一转身就可以看看另外一本食谱、换一换口味，舞者会更加开心满意。另外，老人对麦田里长出的野花更是高看一眼。尽管他不知道野花对不对野兔的胃口，可是，有它们绽放，麦田里就多了几分绚丽与灿烂。这是老人所希望的。甚至，老人对麦田里的那几丛黄柳、几棵山榆、几棵疙瘩杨也是关爱有加……这同样是因为舞者。黄柳虽然不适合食用，看起来也不是十分养眼，可它们却婆娑生姿，能为舞者和它的伙伴遮挡风雨霜雪，充当伞盖。而且，周围还有一座座麦秸垛围护着。那一座座麦秸垛让麦田温暖和宁静。

在那里，扒开任何一座麦秸垛都能轻易找到完整的麦穗和青绿的蒿草。冬天里，对于野兔来说，它们显得尤为重要。至于麦秸垛里深埋的野花，舞者的确没有正眼看过它们。

实事求是地说，把野花留在麦田并埋进麦秸垛，是老人对舞者真实生活的想象和希望。

实际上，一只野兔能有那么浪漫吗？没有。即使是长着一双黑耳朵、会跳舞的野兔也是如此。

麦田美丽富有，而且，还有一个蒿草人站在那里。所有的一切都让舞者倾情前往。

可是，一般的野兔却很少去那片麦田。

太阳沉入西边的坨子，天空散尽最后一片晚霞，星星跃上天幕。

一切都笼罩在寂静之中。

这时，那片麦田所散发出的香气似乎已经飘到老杨树下，蒿草人也似乎在奋力招手。舞者放下其他事情，再次呼唤伙伴，邀请它们跟随自己前往，可是，依然没有得到回应。舞者只得自己响应麦田和蒿草人的召唤了。

出发前，一番梳洗打扮是必不可少的。伸出前爪，舞者给自己洗脸。尽管没有谁看自己，也不希望有谁看自己，但舞者还是坚持这样做。睡觉前或者醒来后、高兴或者难过、想出一个好点子或者做出一个重要决策……就要进入梦乡或者迎接新一轮太阳、就要看到一处新景色、见到一位亲人、决定留在老杨坨玩耍或者去远方流浪……没有一个干干净净的脸蛋儿是不是有失体统呢？舞者的回答是肯定的。

迎着麦香，舞者的脚步是那样轻快，路上所有的土块、沟坎也都因此变得不算障碍。

蒿草人迎候着舞者。

与老杨树下一样，麦田里也是那样地寂静。

"咕咕——咕！"

舞者喊了几声，是在呼唤伙伴。

当然没有得到回应。

每次来到麦田，舞者都要喊几声。尽管知道没有伙伴跟来，可它还是要喊几声。

如此香甜的麦穗和蒿草被自己独享，如此善良宽宏而又恪尽职守的蒿草人只是自己的朋友，这让舞者感到不安。

来吧！你们为什么不来！舞者依然呼唤着伙伴。这里有老杨坨上没有的东西啊，来吧！

事实上，对于舞者来说，十几棵蒿草或者十几根野豌豆秧就可果腹。来到这里，舞者并不完全是为了美食。新奇、冒险、对以往的回忆和无尽的流浪情结以及对宁静温暖的无限渴望，才是舞者经常光顾这里的真正动力。

夜宵过后，选一块开阔的场地，一场独舞表演是舞者每次走进麦田不可缺少的内容。

有蒿草人站在这里，所以，无论是星光满天还是圆月当头，这片麦田都是别样的美丽。

可以这样说，麦苗刚刚长出、麦子秀穗扬花、麦子泛黄成熟后都各具一道景色，收割后的麦田则更有另外一番韵致。浅绿、翠绿、浓绿，淡黄、金黄、褐黄……太阳下、月亮下、星光下，它总是在不断变幻着色彩给你无限的惊喜。另外，有蒿草人日夜站在那里，它就更加不同一般了。

现在，麦子刚刚收讫。平展展的麦田有如新近剪过绒毛的地毯，不穿一双软皮靴子让你无法落脚。

满天繁星闪烁着光芒，有风在轻声歌唱。

把舞者迎进麦田，蒿草人依然在舞动双臂。

"你好，我来了！"舞者在心里对蒿草人喊道。

仰起脸看一阵蒿草人，然后，舞者用后背撞撞它。舞者觉得有麦香从蒿草人身上落下。

"为什么要撞落麦香啊？"舞者责怪自己。

让麦香和星光一起铺在脚下也许是蒿草人要做的事情。责怪过后，舞者这样对自己说。

舞者又一次原谅了自己。

接下来，舞者要进行此行的中心工作。

看过四周的坨子和麦秸垛，一个爪尖儿轻轻点地造型之后，舞者进入角色。

"呛呛恰——呛呛恰！"舞者在心里为自己打着节拍。在别的地方，舞者为自己所打的节拍不免会很快很急，甚至有时会很散乱。而在这片麦田里却不同。在这片麦田里，舞者为自己打出的节拍是那么舒展、轻快、富有韵律。伸展腰肢，舞动双臂，大跳，小跳，旋转；再大跳小跳旋转，回望……身披星光，整个麦田都是自己的舞池。我是多么了不起，我又是多么幸福啊！舞者这样对自己说。

虽然没有掌声，但有蒿草人在看自己的表演就够了。舞者接着对自己说。

一双软皮靴子踩在洒满星光的麦田上，没有一点儿声音。迈着舞步，舞者可以听到自己的心跳声。

一段舞蹈过后又是一段舞蹈，几段舞蹈下来，东边的坨子上已经泛白。尽管麦田里芳香四溢，可还是到了应该离开的时候了，舞者对自己说。

用不用给自己一阵掌声呢？免了！舞者这样问自己又这样回答自己。

与蒿草人告别之后，用力一跳，再用力一跳，舞者离开麦田，走上返回老杨垞的道路。

蒿草人在身后一直看着自己，舞者知道。后背上贴着的目光让舞者感到十分温暖。

一个高跳加几个远跳，又加几个旁跳；几个旁跳再加一个高跳、几个远跳……这样一路走来是不是很有情趣呢？可是，没有谁知道，舞者这样行走还有它的另外用意。这样走，除了表达自己愉悦的心情、展示自己轻快的步伐外，更重要的是迷惑敌人。

一路前行，舞者偶尔也会遇到一些麻烦，但更多的时候是一路顺风。

回到老杨垞，舞者选一个地处最高的府第下榻。

入住之后，舞者总要头朝向走来的方向长久注目，观察自己走来的那条路上有没有谁在尾随。这是舞者每次外出回来后所必须要做的一件事情。还有，舞者这样做是在看自己的脚印。那行脚印是不是该笔直的地方笔直，该隐没的地方隐没，该转弯的地方转弯了……舞者总是关心自己留下的脚印。

这一次，自己归来的那行脚印里是不是盛满了麦香呢？已经进入梦乡，舞者还在想着这个问题。

9

谁都没有想到，一场灾难让舞者失去了所有的伙伴，也让舞者无法把它的伙伴带进麦田去看望那个蒿草人。

那场灾难发生在半年前的一个清晨。

老杨坨上，不知道为什么，一个伙伴忽然死去。

紧接着，又一个伙伴死去，又一个伙伴死去……接二连三，伙伴们都死了。

你们怎么了？怎么了？舞者跑来跑去，大声喊道。

就这样，伙伴们都死去了。

老杨坨空了，沙原空了，整个世界空了，舞者觉得自己的心里也空了。

可是，舞者并不害怕。它决定留下来，留下来守望这个家园。亲人没了，可这里还有它们的脚印，还有它们的住宅，还有它们的气息……还有舞者对它们的记忆，所以，舞者决定留下来。

从此，舞者失去了所有的伙伴。

失去伙伴，舞者更加喜欢高处。

很多时候，舞者都是静静地站在坨子顶上。不是看远处的哪棵草是不是已经秀穗、哪朵花躲在草丛里眨着眼睛、哪只鸟在寻找朋友……而是在守候在等待。

半年多来，舞者一直在守候在等待。

站在高高的沙岗上，看着远方，舞者希望跑来伙伴、跑来朋友，可是没有，一个也没有。不过，舞者相信终归会有伙伴和朋友跑来。舞者还希望老杨坨能够成为一片绿洲，成为一个平静安宁的世界。

伙伴们走了，而舞者不能走。

这里的每个坨子、每座沙岗、每条水沟、每道土坎、每根蒿草、每棵树木……都留有舞者美好的回忆。在广阔的沙原上奔跑，跑过一丛丛差巴嘎蒿，跑过一丛丛黄柳，跑过一丛丛芨芨草……用行进跳、观察跳、远跳、高跳、旁跳……前行，风从耳边走过，阳光抚摸着后背……远处还有一片麦田和一个蒿草人在等候自己，那是多么快乐幸福的日子啊！

舞者虽然不会唱歌，可它喜欢歌声。每当沙原上的歌手沙百灵鸣叫的时候，不论在忙着什么，它都会马上停下来，席地而坐，静静地倾听。

可是，一场灾难让一切都成为过去。那么大的一个部族，现在，老杨坨上只剩下舞者自己了。

10

和人一样，每只野兔都有自己的名字，而且不止一个。舞者就是一个例证。舞者最初也不叫舞者。

伙伴们走了，舞者更加喜欢高处，也更加喜欢跳舞。

从坨坑跑上坨顶，又从坨顶跑进坨坑；从一棵树跑到另一棵树，又从另一棵树跑回这棵树；从一丛蒿草跑到另一丛蒿草，又从另一丛蒿草跑回这丛蒿草……反复跑过几次之后，舞者开始跳舞。

夜晚跳，白天跳；坨子顶上跳，坨子坑里跳，田野里跳，树林草丛里跳……不知道太阳升起星星已隐回天幕，不知道星星跳出而太阳又落回西边的坨子，不知道风怎样走过、小鸟怎样对它歌唱，也不知道黄鼠狼或狐狸已经悄悄跑来……舞者就这样跳着。

"咕咕——咕！咕咕——咕！"舞者一边跳舞一边呼唤着伙伴。

可是，没有回应，一声也没有。

有一声回应吧！舞者心里难过，哪怕有一声回应也好啊！可是，没有，一声也没有。还怎么会有回应呢？伙伴们都走了！舞者这样对自己说。

知道伙伴们已经走了，可舞者还是不停地呼唤它们。

跳着舞，呼唤着伙伴，舞者开始回想自己从前所做的一些事情——怎样与伙伴争领地，怎样与伙伴抢食物，怎样为一点儿点儿小事与伙伴打斗……现在，知道自己错了，可那又有什么用呢？连补救的机会都没有了！

"咕咕——咕！咕咕——咕！"舞步不能停下，舞者还在呼唤着伙伴。

当然，舞者依旧没有得到回应。

一段段舞蹈过后，舞者让自己游荡在老杨坨上。它这里走走、那里看看，不让自己停下脚步。八棵树府第、两块石府第、半面坡府第、一树花府第……舞者反反复复地巡视。它走过那片沙棘林，跃过那道沙坎，走近莲花泡子……去那片麦田吗？去看那个蒿草人吗？舞者问自己。去那片麦田做什么呢？去看那个蒿草人做什么呢？舞者紧接着回答自己。

有一段时间，舞者似乎忘记了那片麦田，似乎忘记了麦田里的那个蒿草人。

正是冬天，树木摇晃着光秃秃的枝干，蒿草一片枯黄，野花的芳香早已被北风吹到远方……

任何地方都是如此的景象，那片麦田也不例外，没有什么可看的。舞者对自己说。

日子就这样一天天过去。

跳舞吧！继续跳舞！舞者对自己说。

这个时候，舞者还不叫舞者。

随便找一个地方，随便什么时候，跳舞！在很长的一段时间里，这是舞者要做的主要事情。

当然，说是"随便找一个地方，随便什么时候"，舞者还是喜欢选一片荒野为场所，选一块干净整洁的场地当舞池；时间最好是晚上，还要有月亮。

条件一应俱备，悲伤难过的舞者登场了。

身披月亮送给的轻纱，舞者站在那块干净整洁的场地中央。

"咕咕——咕！"像往常一样，舞者扬起头呼唤伙伴。

等待一阵，依然没有得到回应，舞者把头低下。

过了很长时间，忽然，舞者再次扬起头，忽地跳了起来。

好像全身蓄足了用不完的力量，舞者开始了它的表演。用不着给自己洗脸，也用不着爪尖儿点地什么的造型给谁看，更用不着"呛呛恰、呛呛恰"地给自己打节拍……什么都用不着，舞者直接进入角色。

四周是那样寂静，只有风在歌唱。

和舞者一样，此时，沙原上所有的一切都身披月亮赠予的轻纱，模糊而清晰，是那样美妙轻盈。

舞者跳着，就这样跳着。它忘记了自己，忘记了时间，忘记了这是哪里，忘记了周围的一切……它尽情地跳着。没有伙伴，没有观众，它跳给周围的蒿草树木看，跳给近处远处的坨子看，跳给渐渐西斜的明月看……对于此时的舞者来说，周围的蒿草树木、近处远处的坨子、渐渐西斜的明月……就是自己最要好的伙伴和最要好的观众。舞者要给它们尽善尽美地表演。跳着跳着，舞者忽然觉得不是自己在跳，而是有很多很多伙伴在身后跟随自己一起跳。一个、两个、三个……有那么多那么多伙伴啊！有那么多那么多伙伴在跟随自己一起跳！跳啊跳啊……有时舞者是领舞，而更多的时候它是跳在伙伴们中间。"咕咕——咕！"舞者在呼喊。"咕咕——咕！"伙伴们也在呼喊。渐渐地，前来跳舞的伙伴越来越多越来越多。"咚咚咚！咚咚咚！""咕咕——咕！咕咕——咕！"舞池的四周回响着它们的舞步声和呼喊声。就这样，舞者跳了一阵又一阵，跳了一阵又一阵……谁也不知道舞者跳到什么时候才能停下来，因为，它觉得身旁有很多很多伙伴在跟随自己一起跳。

　　当舞者最终停下舞步，发现身边并没有伙伴，便一下子趴在了地上。

　　身边没有伙伴，的确没有，月光下只有我自己！环顾四周，舞者这样对自己说。

　　"伙伴们去了哪里？"舞者忽然问自己。

　　"伙伴们走了！"舞者这样回答自己，"那天清晨，第一个伙伴走了，然后，接二连三都走了。"

　　舞者终于回到现实。

　　"我是谁？"舞者又问自己，"我叫什么名字？"

　　听过自己的提问，舞者愣住了。

　　"我到底是谁？"舞者再次问自己，"我叫什么名字？我到底叫什么名字？"

　　想了半天，舞者怎么也不能给自己一个明确的答案。

　　就在伙伴们远去的时候，舞者竟忘记了自己原来的名字！

　　"你刚才做了什么？"舞者继续问自己。

　　"你刚才在跳舞。"舞者马上给自己一个客观明确的答案，"你刚才在跳舞啊！"

　　"咕咕——咕！"舞者大喊起来，"我刚才在跳舞。"

　　此时，舞者十分兴奋。

　　"咕咕——咕！"舞者接着大喊，"咕咕——咕！咕咕——咕！我还要跳舞！"

　　喊着，舞者一跃而起，继续跳舞。

　　"舞者！我是舞者！"一边跳舞，忘记了自己原来名字的野兔一边这样对自己说，也对周围的所有东西说，"我是舞者！"

就这样，一只忘记了自己原来名字的野兔给自己起了这样一个名字——

舞者！

"这个名字不错！"于是，这只野兔就彻底扔掉了自己原来的名字，用野兔语言对四周大喊，"从此以后，我就是舞者！咕咕——咕！你们都叫我舞者吧！"

11

孤独和寂寞笼罩着舞者，笼罩着老杨坨，似乎也笼罩着整个沙原。

舞者已经很久没有去那片麦田了。它似乎忘记了那片麦田，也似乎忘记了那个蒿草人。

现在，通常情况下，跳过舞，舞者或者四处走走，或者站在沙岗上张望，或者在哪个地方静静地守候与等待……可这些都不能让它开心。怎样才能排解孤独和寂寞呢？找谁一起做游戏吧！舞者想跟沙百灵玩，可沙百灵不理它。它理解沙百灵——人家有翅膀，飞在天上，又能唱歌，怎么能喜欢跟我在一起呢？舞者想跟沙鼠玩，而沙鼠经常躲在洞里，那细窄的洞穴让舞者无法进入。舞者想跟刺猬玩，刺猬却总是躲躲闪闪，游戏还没开始就把脑袋藏了起来……那么，我去找谁玩呢？舞者常常这样想。

虽然是野兔王，但舞者也需要娱乐。

实在太寂寞了，舞者竟把捉弄老鹰、捉弄狐狸和黄鼠狼当成了游戏。

老鹰是这一带的空中霸主。它在天上兜着圈子，连苍狼也要马上躲藏起来。

可舞者却迎面跑上去，逗老鹰落下，然后滚躺在地，用四腿蹬飞老鹰。

狐狸或者黄鼠狼走过，舞者也会跑过去，把自己亮给它们，邀请它们追赶自己。

这样的游戏每天都做，直到舞者自己觉得无趣。

那片麦田呢？那个蒿草人呢？那片麦田和那个蒿草人现在怎么样了？舞者不再关心。

12

可是，舞者不知道，半年多来，有一个人在关注着它，始终在关注着它，直到孩子赶来送给它一个小伙伴。

那个人就是那片麦田的主人。

半年前的那个清晨，老人目睹了那场灾难。

老杨坨上只剩下黑耳朵自己了！

黑耳朵！黑耳朵！老人在心里喊。

半年多来，老人经常去老杨坨看望舞者，他是为舞者的处境担忧难过。

除了那片麦田，黑耳朵现在还拥有什么？老人隐约觉得，那片麦田的存在对黑耳朵有着特殊的价值和意义，况且，还有蒿草人站在那里。这让老人欣慰。

当时，桃花水还远在季节的那边流淌，可老人却绕过莲花泡子走进那片土地，刨去在那里守候了一个半季节的麦茬、蒿草茬和野花茬。看着忽然变得与周围坨子颜色相同的土地，老人有些惊慌，但他马上缓过神儿来，对自己说："四周有麦秸垛，黑耳朵不会走错地方。再说，过些日子麦苗、蒿草和野花长出来，这里就跟别处不一样了。"

老人似乎是糊涂了。有蒿草人站在这里，谁不知道这里是一片麦田呢？

除了送给舞者一片麦田，半年多来，老人还想过种种办法帮助舞者，让它走出困境，但都没有成功。最后，老人就想赶走舞者，让它离开老杨坨。离开老杨坨，除了能够排解舞者的孤独和寂寞之外，更主要的是，老人担心它被二拐子发现。

在有关舞者的很多事情中，有一件事最让老人揪心，就是舞者没了伙伴。

"没有伙伴，黑耳朵的日子该怎么过呢？"这个问题在老人的脑袋里缠来绕去。再有，怎么对孩子说这件事，也是一直在老人的脑袋里缠来绕去的问题。老人不想让孩子知道事情的真相。

可是，这样的事情怎能瞒得住孩子呢？

此时，为了舞者，孩子已经从省城来到小镇。

老人慌了。他首先想到的是怎样制止孩子去老杨坨，怎样制止孩子去麦田，怎样不让孩子看到黑耳朵，怎样不让孩子知道黑耳朵的具体情况……孩子还小啊，很多事情都不应该让他知道。老人的想法是善良的。

来到小镇，孩子马上拿出了帮助舞者的办法。

这个办法让老人感到意外。

抱着一只家兔——一只年轻健壮的母家兔，孩子走进沙原。

不用说，孩子把这只家兔放在了老杨坨上。

在离开老杨坨之前，孩子给这只家兔起了一个让大家都能接受的名字——小伙伴。

13

面对这样广袤的沙原，小伙伴立刻就蒙了。

已近秋天，沙原上有了几分凉意。小伙伴蹲在那里一动不动，小心谨慎地看着四周的一切。

太阳已经偏西，天就要黑了。

小伙伴虽然不知道这里究竟有多少天敌在威胁着自己的生命，可它还是有一种莫名的恐惧。于是，它试探着往前跳了一步，又试探着往前跳了一步。这样试探着跳了几步，然后，小伙伴围着沙岗转了一圈儿，找个沙窝，急忙扒出洞穴，勉强把自己藏在里面。

夜幕徐徐降临，黑暗笼罩了整个老杨坨。

这时，沉寂了一天的老杨坨渐渐热闹起来，整个沙原也渐渐热闹起来。

在小伙伴跟前跑过一只老獾，跑过一只黄鼠狼，又跑过一只沙狐……它们都在寻找食物。幸好，没有谁发现小伙伴。那是什么声音？咔——咔——沙沙啦啦——窸窸窣窣——是谁在嚼什么东西吧？小伙伴想。"喔——呼——喔！哈哈！喔——呼——喔！哈哈！"忽然，小伙伴洞穴旁边的那棵山榆树上响起了猫头鹰的叫声，凄惨吓人。紧接着，远处又传来嗷嗷的狼嚎。嚓嚓嚓，是谁在自己的洞穴前跑动？噼里扑棱，又是谁在自己的洞穴前厮打拼杀？小伙伴紧张地听着，这里一声，那里一声，各种声音此起彼伏相互应和。

小伙伴睁大眼睛惊恐地看着周围的一切，整夜没睡。

终于盼来一缕晨光，小伙伴钻出洞穴，爬上坨子。

早晨的老杨坨是那么宁静美丽，可小伙伴没有心情欣赏。它依然小心谨慎地打量着四周，不知道昨天夜里是怎么度过的，更不知道今天的时间该怎么打发。

生活还得继续！在坨子顶上站了半天，小伙伴这样对自己说，生活还在继续！

饥饿胜出，恐惧渐渐远去。小伙伴开始寻找食物。

这里能够用来充饥的东西倒是不少，可是，对于小伙伴来说，它们都不是十分顺口。在小镇里，小伙伴吃的是主人为它精心配制的饲料，是白菜萝卜苞米粒黄豆粒……而不是这些蒿草。

　　小伙伴从这墩蒿草跳到那墩蒿草，又从那墩蒿草跳到这墩蒿草……跳来跳去挑选食物。

　　而就在这时，舞者赶来了。

　　在麦田里待了一夜，舞者跑回老杨坨。

　　现在，那片麦田对舞者更加重要。

　　如同在小时候的冬天里一样，最近一段时间，舞者去那片麦田的次数越来越多，在麦田里停留的时间越来越长，不仅仅是为了食物，也不仅仅是为了解决住宿的问题。伙伴们走后，舞者曾不想再去那片麦田，也忘记了那个蒿草人。它觉得那片麦田里没有什么好看的，那个蒿草人也没有什么好看的。可是，有一种希望让舞者忽然重返麦田。那片麦田不曾留过伙伴们的足迹，因此，在那里，舞者就觉得伙伴们依然活着。"咕咕咕——咕！"走向麦田之前，舞者这样召唤伙伴。麦田里有老杨坨上没有的东西啊！召唤过后，没有得到回应，舞者认定伙伴们进食做游戏去了。穿过沙棘林，跃过那道沙坎，绕过莲花泡子，来到麦田。在麦田里，奔跑跳跃，这里走走那里看看，捡拾麦穗和其他蒿草，跟野花问一声"你好"……跳过一段舞蹈，舞者与蒿草人告别。这样匆忙，是因为舞者急于要迎接下一个时刻。返回老杨坨。在返回的途中，舞者总是以为会有伙伴在老杨坨上迎接自己，汇集后一起嬉戏玩耍。而回到老杨坨后所见到的景象才知道途中的种种想象只是自己的希望。尽管如此，舞者还是一次一次走进麦田，一次一次带着希望从麦田返回老杨坨。

老杨坨上的现实情景不断毁灭希望，可舞者从不灰心。

现在，希望终于变成现实。

跑回老杨坨，舞者发现了小伙伴。

开始，舞者还不敢相信自己的眼睛。怎么可能呢？有伙伴来了！这样让人惊喜的好事来得太突然啦！有伙伴来了！这是真的吗？舞者问过自己，做了几次跳跃观察，又做了几次跳跃观察。的确有伙伴来了！当舞者最终作出肯定的判断之后，伸出前爪，擦去脸上的露水和尘土。当确定脸上再无一点儿秽物，舞者一个跳跃狂奔过去。

可是，跑到距离小伙伴不远的地方，舞者却站住了。出于礼貌，出于对别人的尊重，舞者没有贸然走近小伙伴。

这样，舞者站在一旁观望着，等候着，当它发觉小伙伴已经注意到自己的时候才走过去。

舞者兴奋异常——自己终于有了伙伴，终于有了朋友！同时，舞者又十分同情小伙伴——它是一只家兔，能适应这里的环境吗？能在这里生活下去吗？这里有多少危险等着它啊！想到这里，舞者忽然产生了一种责任感和使命感——保护小伙伴！

开始，小伙伴并不理会舞者。它在坨子间跑来跑去，不断地跑来跑去，自己也说不清究竟在跑什么。是在熟悉这里的地形？是在锻炼身体？是在寻找回家的道路？还是在用奔跑的方式来缓解对小镇生活和同伴们的思念？小伙伴说不清楚，真的说不清楚。

而舞者呢，则一直跟在小伙伴的身后。

跑上一座沙岗，跑进一片洼地，跑过一丛丛蒿草，跑到一墩马兰，跑到一片远志，跑到一棵沙枣树旁……小伙伴不停地跑。

去那片麦田吧，去那片麦田！跟在小伙伴的身后，舞者在心里喊道。

现在，那片麦田一定泛着金色的光芒，为自己，更为小伙伴；那个蒿草人一定在等候着自己，也一定在等候着小伙伴能够早一天光临。

可小伙伴没有跑向麦田。

跑着跑着，小伙伴意外地发现了一堆篝火的灰烬——几块摆成品字形的石头已被烧得焦黑。这堆篝火的灰烬是谁留下的呢？是小镇里的人留下的吗？是我的主人留下的吗？不管怎么说，反正它是人们留下的！小伙伴高兴了。它想，这里有人来过。它进而推测，这里还会有人再来。它把这堆篝火的灰烬当成了亲人留给自己的纪念，当成了故乡小镇的缩影。于是，小伙伴就丢弃原来的住所，在离篝火灰烬不远的坨坡上掘洞造屋。

看到那堆篝火的灰烬，舞者则是一震。在这里安家，舞者替小伙伴担心。

一位老人和一个孩子的身影留在心里，一位老人和一个孩子送给的温暖还留在心里，可是……

一天、两天、三天……小伙伴在篝火的灰烬旁毫无防范地生活着，而一场灾难却正在悄悄地逼近它。

小伙伴的这场灾难不是来自地面，而是空中。有一天，老杨坨的上空飞来一只老鹰。这是小伙伴在沙原上的第一次遇险。老鹰在头顶上盘旋，小伙伴却还像没事儿一样嬉戏玩耍。

远处，舞者则在密切地注视着这一切。

就在老鹰俯冲到小伙伴头顶的瞬间，舞者迅速跑到小伙伴身旁，滚躺，仰卧，四爪朝天，三下两下蹬飞那只老鹰……

从老鹰的利爪下，舞者抢回小伙伴。舞者的举动让小伙伴深受感动。此时，小伙伴才彻底明白舞者一直守在自己身边的真正原因。就这样，小伙伴完全接受了舞者。

被小伙伴完全接受的舞者当然是异常兴奋。它蹦了几蹦，又蹦了几蹦，然后跑到坨子顶上。在这个时候，需要做的事情很多，然而，带小伙伴去那片麦田，去看望那个蒿草人，是舞者首先考虑要做的重要事情。

14

新的生活开始了。

我有伙伴啦！我有朋友啦！舞者兴奋地跑上坨顶，又兴奋地从坨顶跑下来；兴奋地跑上这个坨子，又兴奋地上那个坨子；兴奋地跑过一道道沙岭，兴奋地跑过一丛丛蒿草，又兴奋地跑过一棵棵小树……它兴奋地跑啊跳啊，想把这个消息告诉大家。告诉谁呢？告诉阳光、白云、清风？可是，它们也听不明白呀！告诉歌手沙百灵、沙鼠和刺猬？它们也不一定听得懂啊！最后，舞者想到了亲人。它想把这个消息告诉所有的亲人。可是，那些亲人又怎能听得到呢？它们已经走了。

没有办法，舞者只能把这样好的消息深藏心底。

这之后，舞者便和小伙伴形影不离了。舞者和小伙伴一起寻找食物，一起嬉戏玩耍，一起四处奔跑看风景……不用说，麦田是必定要去的。

那个蒿草人一定在舞动双臂迎候着我们。舞者这样想。小伙伴虽然和人一起生活在镇上，可它也从来没有见过麦田，更没有见过蒿草人。

选一个月圆的夜晚，朝着麦田，带上小伙伴从老杨树下出发，舞者从来没有这样的幸福。四周弥漫着成熟的蒿草的香气，头顶不时传来夜游鸟的鸣声。月光清洗着坨子，也清洗着坨子上的蒿草树木……这些都符合舞者此时的心情。沿途告诉小伙伴怎样走过沙棘林，怎样跳过那道沙坎，怎样绕过莲花泡子……舞者尽心做着向导和解说工作，同时也对小伙伴讲述自己去麦田和在麦田里的感受，讲述自己跟蒿草人交谈的内容。

果然，蒿草人轻舞双臂，在迎候着舞者和小伙伴。

由于舞者已经详细讲述了蒿草人的种种好处，所以，小伙伴就没了对蒿草人的戒备。

此时，麦子已被割去很长时间。田边的麦秸垛和留在地里的麦茬、蒿草茬和野花茬共同响应圆月的光辉，看一眼就让人心生暖意。

和舞者一样，小伙伴小心翼翼地走进麦田。给蒿草人行过注目礼，舞者带小伙伴在麦田里巡视一遍，扒开麦秸垛开始进餐。

头顶是一轮圆月，麦田里铺着银色的光芒，身边有好朋友陪伴，是不是应该跳一跳舞呢？舞者的回答是肯定的。

接下来，就是舞者的即兴表演。

"咕咕——咕！"几声呼唤之后，舞者一个爪尖儿点地造型，亮给小伙伴看，然后伸展腰肢，舞动双臂，大跳，小跳，旋转；又一个大跳小跳旋转，回望……麦田里，舞者跳啊跳啊……一段接一段，为自己跳，为小伙伴跳，为这片麦田跳，为这个蒿草人跳，为那轮圆月跳……舞者从来没有这样尽情地跳过。

蒿草人轻舞双臂，看着小伙伴，也看着舞者。

圆月下，舞者觉得这片麦田是它自己的，这个蒿草人是它自己的；这片麦田和这个蒿草人也是小伙伴的，更是沙原上所有野兔的。

为了自己和小伙伴的蒿草人，为了自己和小伙伴的麦田，为了沙原上所有野兔的蒿草人和麦田……舞者跳啊跳啊，似乎有跳不完的舞蹈。

而小伙伴呢，则忘记了周围的一切，在一旁静静地看着。这让舞者更加幸福无比。

看过麦田，看过蒿草人，舞者不能不请小伙伴去欣赏一下自己的建筑。

"这是八棵树府第，这是两块石府第，这是半面坡府第，这是一树花府第⋯⋯"舞者一路走一路告诉小伙伴。

对于舞者的这些建筑，小伙伴感到新奇有趣的同时却又不以为然。

原因是，小伙伴与舞者对于住房所持的思想理念截然相反。一个是穴居，一个是露宿。

面对舞者的那些建筑，小伙伴不甘示弱，它要用自己的劳动让舞者开开眼界。

在一树花府第前，小伙伴停下了前行的脚步。只用不长时间，小伙伴就在专供舞者热天住宿的住宅旁挖了一个洞。洞口朝北，清凉的北风在毫无阻拦的情况下可以直达卧室。现在是秋天，小伙伴用不着挖一个专供冷天住宿的洞穴。如果需要，它可以在专供舞者冷天住宿的住宅旁再挖一个洞穴。那个洞穴的进出口必定朝南，阳光可以清水般流淌进去，又可像薄纸一样粘贴在洞壁上。而现在不需要那样的洞穴。不过，在专供舞者雨雪天住宿的住宅旁，小伙伴却搞了一项工程。那个洞穴的走向是步步朝上，卧室至少要高出进出口半米。

小伙伴的施工过程和一件件作品让舞者看得目瞪口呆。

多少年来，老杨坨上终于有了与簸箕形、无顶、无盖、无房墙的住宅并存的异样建筑。可以肯定地说，小伙伴洞穴的出现给舞者的住宿理念带来了一场空前的革命。

用餐过后或者玩耍完毕，小伙伴会悄然走回洞穴不见踪影。可是，不知道什么时候，小伙伴又会忽然站在舞者的面前让舞者没有任何思想准备。

有了这样的新居，小伙伴在舞者的眼里变得有些神秘。

小伙伴当然不会满足已有的成就。它先后又在八棵树府第、两块石府第、半面坡府第……旁边进行施工，似乎是想让自己的住宅与舞者的建筑能够配套。

为什么要住进洞穴啊？舞者想。就是为了能够忽然消失又能够忽然出现吗？就是为了不让别人看见自己怎样生活吗？舞者接着想，用其他办法也可以做到这些啊！

舞者坚持露天住宿。无顶、无盖可以随时看到蓝天白云，也可以随时沐浴太阳、月亮、星星送给的光辉；没有房墙，所有的蒿草香气、野花香气和清风可以从四面八方任意扑来，世界上还有比这更好的住宅吗？舞者这样认为。

很长一段时间，舞者对小伙伴的洞穴居室并不持完全认可的态度，甚至是不屑一顾。可是，渐渐地，它对这种建筑也有了新的认识。从某个角度来说，与上无顶盖、四周无墙的府第相比，洞穴居室是不是更加安全舒适呢？舞者这样猜想。

这样，舞者也就认同了老杨坨上的这场建筑领域的革命，时而走进小伙伴的洞穴里观光或者小憩；而更多的时候，舞者还是入住自己的府第，与小伙伴做对门邻居。

虽然对舞者的这些府第不以为然，可小伙伴还是放弃了篝火灰烬旁的居室。这让舞者松了一口气。

然而，对于兔子来说，危险随时随地存在。

那天凌晨，舞者带小伙伴从一片草场回到府第休息。和往常一样，落座之后，舞者头向回来的道路长久眺望。它忽然发现，有一只黄鼠狼尾随而来，并且已经站在了小伙伴的对面。不是给小伙伴问早安，黄鼠狼是来为自己的家人寻找早点。所有的想法都写在黄鼠狼自己的脸上，这骗不过舞者。舞者离开府第，迎上去站在黄鼠狼的对面，定定地看着它的眼睛。就在黄鼠狼即将对小伙伴出手的一刹那，舞者一跃跳到黄鼠狼的背上，两只后爪抓住它的脑袋狠狠一蹬。只这一蹬就让黄鼠狼惨叫大哭，倒在地上不住翻滚。按照以往的惯例，本该跳过去再送给它一个侧踹或飞踢，可有小伙伴在一旁看着，舞者就打消了这个念头。

以前，舞者不止一次用这种方式忠告黄鼠狼，也用这种方式忠告其他不怀好意者，最好不要靠近自己。现在，舞者要用这种方式忠告黄鼠狼，也用这种方式忠告其他不怀好意者，不要靠近小伙伴。

刚才的那一幕把小伙伴吓得趴在地上一动不动。

"没事了！"舞者高高扬起的头和高高竖起的那双黑耳朵告诉小伙伴"没事了"。

看着仓皇逃走的黄鼠狼，舞者原地跳了几跳，又原地跳了几跳。它用这种方式告诉小伙伴没有什么，一切都已经过去，没有什么；太阳就要升起，我们该去睡觉了。

和小伙伴在一起，舞者似乎有做不完的事情说不完的话。

"咕——咕咕！咕咕咕！"舞者告诉小伙伴要学会行进跳、观察跳、远跳、高跳、旁跳……告诉小伙伴应该如何保护自己，应该去哪里玩、哪里野花多、哪里蒿草茂盛、哪个地方今年刚

刚长出小树、哪个地方长着坨子里最高大最茂盛的树木、哪个
地方经常有黄鼠狼和沙狐出没、哪里是百灵鸟喜欢唱歌的地
方……舞者还告诉小伙伴应该到哪里去寻找食物、什么时候去
寻找食物、怎样寻找食物、什么蒿草好吃、什么蒿草既好吃又
有营养、什么蒿草能治什么病……并让小伙伴相信，这片坨子
非常美丽，到处都有好看的风景；这片坨子非常富有，到处都
有美食，就是在冬天，扒开冰雪也能找到野果吃，况且，莲花
泡子北边还有那片麦田，还有那一座座麦秸垛，还有那恪尽职
守的蒿草人……

小伙伴认真地听着，并一一记在心里，准备按照舞者说的
去做。

对于舞者来说，这个秋天真是太美好了。

15

现在，小伙伴已经喜欢上了老杨坨，喜欢上了这片沙原，
喜欢上了沙原生活。它觉得这里旷远辽阔，风清新，阳光也灿
烂，而且，还有勇敢、机智又坚强的好朋友。

舞者让小伙伴信赖。

虽然这样，小伙伴还是不能完全忘记小镇，不能完全忘记
小镇里的生活，不能完全忘记小镇里的伙伴……所以，它就经
常跑到那堆篝火的灰烬旁去看看。

什么时候，这里才会再有人来呢？站在篝火灰烬的旁边，

小伙伴久久不肯离去。

每当这时，舞者都是紧紧地跟在小伙伴的身后，用警惕的目光看着周围的一切。

谁能预想到那堆篝火的灰烬旁会发生什么事情呢？舞者预想不到，我们谁都预想不到。

16

冬天迫近，舞者和小伙伴开始了艰难的生活。

今年冬天的雪特别大。飞飞扬扬的大雪把沙原盖得严严实实。这样，舞者就把大部分时间交给自己的府第，而小伙伴则整天待在洞穴里。

老杨坨的雪景让舞者和小伙伴赏心悦目，但严峻的现实问题却紧跟着赶来了。

食物短缺，饥饿时刻威胁着舞者和小伙伴。

舞者的做法是，让小伙伴留在住所，自己出去觅食。

漫山遍野都是积雪的时候，在外觅食是极其冒险的行为——一是容易迷失方向找不着回家的路；二是跑不起来，三下两下就被追杀者撵上；三是即使逃脱，追杀者也可以沿着脚印一直找上门来……大雪天里，一般的野兔都不会轻举妄动，而舞者却经常跑出去做它自己想做的事情。八棵树府第、两块石府第、半面坡府第、一树花府第……都要定时或不定时地走一走，以往三个季节里玩耍过的地方也要时常去看一看，而麦田则更是舞者常要光顾的地方。

天黑着，大地却是一片茫茫泛着洁白的光芒。此时，走向麦田和从麦田里返回都让舞者十分兴奋。

身后或者前面有小伙伴的目光，蒿草人站在那里迎送自己，还有比这更幸福的时候吗？因此，舞者的脚步总是那样轻快。

麦田是如此的温暖宁静，形成沙原上的另外一片世界。

扒开麦秸垛，找出麦穗，再找出一些其他蒿草，在夏天和秋天留给的气息中，舞者开始夜宵。

饱餐之后，一段舞蹈是必不可少的。

四周一片静谧。

蒿草人站在那里，头上肩上都是雪，却一动不动，看守着脚下的这片麦田。

麦茬和蒿草茬、野花茬也在尽职尽责。它们努力钻出积雪，因此，麦田依然泛着温暖的橘黄，宛如是谁刚刚铺上去的一片阳光。

这样的舞池到哪里去找呢？

给蒿草人行过注目礼，舞者跳到一块更为平坦的地方。

"呛呛恰！呛呛恰！"给自己打着节拍，舞者的表演开始了。舞者跳着，让蒿草人陶醉，让麦田陶醉，让近处远处的坨子陶醉，让整个沙原陶醉……更让自己陶醉。

要是小伙伴也在这里该有多好啊！舞者想，有它助阵，雪夜里的麦田舞会更加好看。

可小伙伴不能来。往返这么远，路上还会有很多难以预测的情况发生，所以，小伙伴不能来。

要是往年，舞者会在麦田里跳上一夜。而今年不同，一两段舞蹈过后，舞者马上收式，结束自己的表演。

再次给蒿草人行注目礼，舞者抓紧踏上返回的道路。

舞者知道，小伙伴在等着自己回去。

风雪中，舞者就这样一次一次走向麦田，走向老杨坨任何一个地方。

用不着担心，舞者有它自己的办法，驰骋雪野，从来没有遇到过半点儿麻烦。

尽管如此，舞者出去觅食还是采取速战速决的策略，快去快回，不在外面久留。这样做，它是不想让小伙伴惦记自己。

这里那里，出去走上一圈儿，不管多么艰难，舞者一定要给小伙伴带回一样好吃的东西——除了麦穗，还有积雪下的一片嫩草叶、一根绿蒿梗、一段甜滋滋的草根……让小伙伴开心快乐，让小伙伴知道冰雪覆盖着的沙原也是十分富有的，让小伙伴知道冬天的生活同样充满希望。

有一天，扒开积雪，舞者竟找到一串红果，数一数，有七颗！

带着这串红果，舞者走进小伙伴的洞穴。

看着放在自己面前的那串红果，小伙伴一震，然后是惊喜万分。它看了一会儿，又看了一会儿，看过几个一会儿之后，把这七颗红果轻轻推给舞者。舞者呢，也是看了一会儿，又看了一会儿，看过几个一会儿之后，同样把这七颗红果又轻轻推给小伙伴……小伙伴把这七颗红果推给舞者，舞者又把这七颗红果推给小伙伴。就这样，它俩推来推去，谁也舍不得往嘴里放。

北方的沙原，老杨坨上，冰雪下，小伙伴的洞穴里，这是七颗艳得有如鲜花、红得有如太阳的果实啊！或者说，它们就是七朵鲜花七颗太阳。

七朵鲜花，七颗太阳，它们是舞者和小伙伴在这个冬天里的共同财产。

有这样的共同财产，对于舞者和小伙伴来说，再寒冷的冬天也变得温暖如春了。

17

当最后一场北风走远，春天终于来了。

冰雪融化，蒿草发芽，暖风徐徐，流水淙淙……沉寂一个冬天的沙原恢复了生机。

舞者和小伙伴更加幸福的生活开始了。

想想看，还有比春天更美好的时节吗？

舞者和小伙伴欢快地蹦啊跳啊，跳啊蹦啊……它俩是在用蹦蹦跳跳的方式欢迎春天、欢迎新生活……它俩不会唱歌，不会朗诵诗，只能用蹦蹦跳跳的方式表达感情。在广袤的沙原上，舞者和小伙伴像两名滑冰运动员或者两位芭蕾舞演员，欢快地蹦啊跳啊，跳啊蹦啊……动作舒展有力，自然优美。一圈儿、两圈儿、三圈儿……舞者和小伙伴在不停地旋转，不停地旋转……就这样，跳跃，奔跑，旋转……一天、两天、三天……它俩一点儿也不觉得累。

此时，尽情享受春天给予的一切，是舞者和小伙伴的主要工作。

入夜或者凌晨，带上小伙伴从老杨树下出发，迎着枯枝败叶和蒿草嫩芽的气味，顺小路下到灌木稀疏的坨子脚下，在路边走走看看，进入果园、田野进餐或者观光，那是多么愉快的事情啊！舞者认为，这才是生活。

繁星在闪烁，去年冬天留下的蒿草低声歌唱，树木在一片朦胧中轻轻摇动，遍地是北归大雁洒落的鸣声……这应该是世界上最美好的时候。舞者一路走一路看。

莲花泡子是一定要去的。舞者要和小伙伴一起看看那里是不是有大雁在做游戏，是不是有众多熟悉的水鸟已经归来，再有，绕过莲花泡子走进那片麦田。

在这个季节里，说舞者疯狂也不算过分。

夜里四处游走、寻找食物、跳舞，甚至白天也成了舞者嬉戏玩耍的时候。

在舞者看来，要是赶上阴雨天，那是再好不过。太阳躲在乌云后面休息，细雨蒙蒙，路断人稀，这应该是最让人动心的时刻。舞者召唤小伙伴，从老杨树下动身了。

去八棵树府第走一走，看看府第旁的那八棵树是不是已经放叶。两块石府第也是舞者的牵挂。府第上面的两块石头是不是还牢固地待在那里？半面坡府第同样需要看一看。一个冬天过去，府第北边的半面沙坡还是保持着原来的模样吗？一树花府第更是舞者放心不下的地方。站在府第旁边的那棵树是否举起了花朵？举起了多少？是一树花朵吗？

需要走走看看的地方实在太多。舞者只恨时间不够使用。

带着小伙伴去莲花泡子吧！舞者对自己说。

虽说莲花还在泡子里孕育，可那里有大雁和众多刚刚归来的水鸟啊！

此时，大雁已经陆续离开沙原继续北飞，或者说，它们飞在沙原的上空也不在舞者的视野里；而莲花泡子里的那些水鸟舞者又一个也叫不出名字。这让舞者有些感伤。

直奔麦田！那里才是舞者的最终目标。

蒿草人在那里迎候着我们。它在不断地朝我们摆手，说不定把胳臂都摆酸了！舞者想。

走进麦田，要不要邀请小伙伴跳舞呢？舞者接着想，蒿草人脚下的那片嫩绿也许会激发小伙伴跳一段舞蹈的热情。

舞者希望小伙伴能和自己一起跳舞，可小伙伴不跳。从去年秋天到现在，小伙伴一直甘当舞者的观众，在春天的麦田里也是如此。

麦苗和蒿草、野花已经长出，站在麦田里可以看到远处坨子上的山杏花在向自己招手。

麦田里，舞者感受着另外一种幸福。

蒿草人静静地站在那里。

看过一会儿四周的景色，小伙伴开始享用麦苗以及麦田里的蒿草。

舞者则一动不动。它看着远处坨子上的那些山杏花，看着这片麦田，看着蒿草人……更看着小伙伴。

饱餐之后，小伙伴看了看舞者，意思是"你怎么一动不动呢？你在看什么"？

舞者把目光再次投向远方，情绪陡然变得异常高涨，忽地跳了起来。

跳舞吧！跳舞！舞者对自己说。

有小伙伴站在身旁，舞者开始了自己的表演。

该绿的都绿了，花在开放，暖风徐徐吹拂……小伙伴是如此的快乐。用舞蹈最适合表达此时的心情。这是舞者的观点。

跳吧，再跳一段舞蹈！

没有邀请小伙伴加盟，它能站在一旁观看就是自己的幸福。舞者这样对自己说。

跳吧，尽情地跳！虽然还是伸展腰肢，舞动双臂，大跳，小跳，旋转，回望……可此时，这些动作里却有了新的内涵。用不着"呛呛恰、呛呛恰"地给自己打节拍，只管跳就行。有小伙伴看着自己，只管跳就行。舞者接着对自己说。

麦田在旋转，天空在旋转，蒿草人在旋转，小伙伴也在旋转……舞者觉得自己是旋转的中心。

蒿草人在静静地观看麦田里发生的一切。

跳吧！把舞蹈献给麦田，献给蒿草人，献给小伙伴，献给春天……此时，除了跳舞，舞者忘记了一切。

小伙伴在一旁看着。

用不着邀请，小伙伴总有一天会同自己一起跳舞。它现在不跳，也许明天它就开始了它的舞蹈生涯。舞者想，小伙伴一定会比自己跳得还好。

多么美好的春天啊！

18

对于小伙伴来说，没有比这个春天更让它感到幸福的了。

也许是由于太高兴的缘故吧，小伙伴跑出居室。去哪里呢？当然是去那堆篝火的灰烬处，因为也许有亲人已经在那里等着我的好消息了！小伙伴这样对自己说。于是，它就一边想着幸福的心事，一边朝那堆篝火的灰烬跑去。

一天、两天、三天……小伙伴每天都要跑到那堆篝火的灰烬处看看。

这样，舞者所担心的事情终于发生了。

二拐子出现在了老杨坨上。他来老杨坨的次数越来越多，越来越勤。而与舞者的一场场较量中，二拐子每次都处在下风。在舞者身上，二拐子的"宝撸"不管用。这场持续两年多的战争，最后以二拐子宣告失败而结束。

在小伙伴走近那堆篝火灰烬的时候，二拐子拎着"宝撸"正好赶到。

虽然生在小镇里，小伙伴却不认识"宝撸"，不知道"宝撸"是做什么用的；也不认识二拐子，不知道二拐子来这里做什么。小伙伴把二拐子当成了亲人。所以，小伙伴在走近那堆篝火的灰烬，在走近二拐子。由于心情急切，小伙伴跑了起来。小伙伴边跑边想，盼望了一个秋天，又盼望了一个冬天，现在，盼望已久的亲人终于来了！在老杨坨上，我是又快乐又幸福，有好朋友舞者陪伴，生活里还有一片麦田、一个蒿草人，更重要的是，我已经迎来春天！小伙伴奔跑着，它要急于跑到那堆篝火的灰烬旁，急于把这些事情全都告诉二拐子，告诉所有的人。

跑着跑着，小伙伴忽然站住了。它在想，我先告诉那个人哪件事情呢？先告诉他我的幸福生活，先告诉他我的好朋友舞者，先告诉他那片麦田、那个蒿草人，还是先告诉他别的什么？小伙伴想，无论怎么说，总不能同时告诉他两件事情，更不能同时告诉他三四五六件事情，要一件一件地告诉。

此时，二拐子也看到了正在走近自己的小伙伴。是一只兔子吗？二拐子擦了擦眼睛，又认真地看了一阵。是，是一只兔子！二拐子做出了客观的判断。是一只兔子！因为这是一个意外的惊喜，二拐子的心狂跳不已。

二拐子紧握那根"宝撸"，往前凑了凑，又往前凑了凑……等凑到距离小伙伴只有两三丈远的地方停下，猛地甩出"宝撸"。

而对于这些，小伙伴却全然不知。

那根"宝撸"飞行时发出的声音不大，却十分刺耳。它传出很远，又笨拙地折回来。

沙原上所有的人和所有的动物似乎都听到了这个声音，而小伙伴却没有听到。因为，它往前跑着，正在想先告诉二拐子哪件事情。

可以肯定地说，小伙伴永远也听不到这个声音了。

就这样，小伙伴倒在了老杨垞上。

没能走近那堆篝火的灰烬，没能走近二拐子，没能与二拐子亲近，没能告诉二拐子和很多很多人自己的幸福生活、好朋友舞者、那片麦田那个蒿草人和自己的经历……这是小伙伴的遗憾。还有，没能再看一眼老杨垞，没能与舞者告别、没能去那片麦田看一眼蒿草人和青绿的麦子以及蒿草，没能等到野花完全开放……这也是小伙伴的遗憾。

和舞者一同度过了秋天，又一同度过了一个艰难而漫长的冬天，正过着美好的生活，而小伙伴却忽然倒在地上什么也不知道了。

而此时，舞者正在远处寻找食物，为小伙伴寻找食物。在寻找食物的同时，舞者想着身披月光，怎样开辟另外一条道路走向麦田，然后带着小伙伴一起看望蒿草人，在蒿草人的目光里同小伙伴一起跳舞做游戏……这些，小伙伴当然也不会知道了。

这是二拐子的第一次收获。

19

很长时间没有看见小伙伴了，在老杨坨和麦田上，老人看到的只有孤零零的舞者。

小伙伴呢？小伙伴哪里去了？

虽然不知道小伙伴已经被二拐子打死，可老人还是觉得小伙伴出大事了。

失去小伙伴，孤独和寂寞再次笼罩了老杨坨，再次笼罩了沙原，也再次笼罩了整个世界。

"没有伙伴，黑耳朵的日子该怎么过呢？"这个问题再次缠绕老人。

同时，看着孤零零的舞者，难过的老人再次想该怎样向孩子隐瞒。而孩子很快就知道了事情的真相。为了舞者，孩子又一次从省城赶到沙原。

几天后，孩子抱回一只野兔——一只年轻健壮的母野兔——把它放在老杨坨上。

"叫它伙伴吧！"在离开老杨坨之前，孩子给那只野兔起了名字，"就叫它伙伴！"

20

虽然有所差异，可伙伴的家乡地貌与老杨坨大体相同。伙伴对跑上来欢迎它的舞者也是别有热心。

这样，舞者与伙伴很快就成了好朋友。

"去那片麦田吧！"舞者对伙伴说，"现在，那片麦田依然是一片翠绿！"

于是，舞者把伙伴带进麦田，看望蒿草人。

看过麦田和蒿草人，舞者又带伙伴去欣赏它的建筑。

八棵树府第、两块石府第、半面坡府第……伙伴和舞者一路走一路看。看过这些府第，舞者也给伙伴介绍府第旁边的一个个洞穴建筑，并讲述它和小伙伴的故事。

伙伴认真听着，不住点头。

需要告诉伙伴怎样行进跳、观察跳、远跳、高跳、旁跳吗……需要告诉伙伴应该如何保护自己，应该去哪里玩，哪里野花多、哪里蒿草茂盛、哪个地方今年刚刚长出小树、哪个地方长着坨子里最高大最茂盛的树木、哪个地方经常有黄鼠狼和沙狐出没、哪里是百灵鸟喜欢唱歌的地方吗……需要告诉伙伴应该到哪里去寻找食物、什么时候去寻找食物、怎样寻找食物、什么蒿草好吃、什么蒿草既好吃又有营养、什么蒿草能治什么病吗……似乎不需要告诉。不过，关于这片坨子的美丽、这里到处都有好看的风景、这片坨子的丰饶富有……一定要告诉伙伴。还有，就是在冬天，在这里，扒开冰雪也能找到野果吃……这也要告诉伙伴。

听着舞者的讲述，伙伴不住点头。

这样，舞者美好的春天依然在延续。

更加可喜的是，就在这个春末，伙伴产下五只兔崽。

舞者当父亲了！

因为这五条新的生命，整个老杨坨似乎都笑了。

然而，谁都不会想到，就在当母亲的第九天，伙伴也倒在了二拐子的"宝撸"下，尽管它没有走近那堆篝火的灰烬。在老杨坨的那道沙坎前，伙伴遭到二拐子的伏击。

21

又一个伙伴倒下了！

舞者眼看着伙伴被二拐子的"宝撸"打倒。

不能解救伙伴，舞者痛苦万分。

跑上坨顶、跑进坨坑、跑进麦田……不辨方向，没有目标，舞者在不断地奔跑。同以往一样，它在用奔跑减轻痛苦。

跑着跑着，舞者忽然站住了。

需要振作起来，必须振作起来！舞者这样告诫自己，伙伴没了，可还有五个孩子需要抚育呢！

回到住处，舞者站在孩子面前，一脸的刚毅。

五只小兔，个个黑耳朵。

它们抿着耳朵，胆怯地看着四周，胆怯地听着四周的风声。五个幼年时的自己！看着五个孩子，舞者想，我要让它们勇敢地面对这个世界，像高举战旗一样竖起耳朵！

现在，给它们起名字吧！

舞者对自己说。

伙伴都、伙伴来、伙伴咪、伙伴发、伙伴嗦——舞者给它们起了这样的名字。起这样的名字，舞者的目的非常简单，一是让它们永远怀念妈妈；二是让它们彻底忘掉失去妈妈的痛苦，一同歌唱；三是表明自己的感情和希望。

由于舞者的努力，换来了五个孩子的强壮体魄和聪明智慧。它们快速地长高长大，不久就能跟在舞者身后嬉戏玩耍、奔跑跳跃，也能自己寻找食物了。

"伙伴都、伙伴来、伙伴咪、伙伴发、伙伴嗦——"舞者喊，"去吧，去寻找食物！"

不简单地叫"都、来、咪、发、嗦"，而喊全它们的名字，舞者是让五个孩子记住自己叫什么，并理解这些名字的含义。

懂得了食谱，掌握了躲闪迂回战术，五只小兔子随即学会了行进跳、观察跳、高跳、侧跳、旁跳、行进跳加观察跳等技术；奔跑在坨子上、蒿草丛里，形如闪电。十只黑耳朵一会儿隐匿起来没了影子，一会儿又浮出蒿草像战旗一样高高竖起。

对于五只小兔子来说，建筑学也是一门必修课啊！舞者对自己说。

在八棵树府第、两块石府第、半面坡府第、一树花府第……走了一圈儿之后，五只小兔子在那里建造了属于它们自己的住宅。

一切都是那样美好！

五只小兔子欢快地蹦啊跳啊，跳啊蹦啊……它们是在用蹦蹦跳跳的方式欢迎新的一天、欢迎新的生活……在广袤的沙原上，五只小兔子个个像滑冰运动员或者像芭蕾舞演员，更像一串跳动的音符。它们欢快地蹦啊跳啊，跳啊蹦啊……动作舒展有力，自然优美。一圈儿，两圈儿，三圈儿……五只小兔子在不停地旋转，不停地旋转……就这样，它们跳跃，奔跑，旋转……

孩子的表现让舞者感到欣慰。

去那片麦田吧，去看望那个蒿草人！

带着五个孩子，舞者跑向麦田。

穿过那片沙棘林，跳过那道沙坎，绕过莲花泡子，跑过大片大片农田，那片麦田最终展现在眼前。

月光让麦田起伏着银色的波浪。

犹豫片刻，五只小兔子跑进麦田。

在麦田中央，五只小兔子仰望蒿草人，给它行注目礼。

四周静悄悄的。

此时，泛着银色波浪的麦田属于舞者，更属于五只小兔子。

"咕咕咕——咕！"给蒿草人行过注目礼，五只小兔子一同大声喊道。

这哪是麦田，分明是一个洁净的舞池！

接下来，五只小兔子当然知道该做什么。

伸出前爪，洗去脸上的草屑和尘土，五只小兔子让自己变得更加干净整洁。

身披月亮送给的轻纱，脚蹬一双软皮靴子，五只小兔子的装束是一样的。

轻轻抬腿，再轻轻放下，五只小兔子看看脚下。它们怕踩碎这片月光。

舞步不会破坏任何东西，五只小兔子马上明白了这一点。

看一眼月亮，快乐兴奋的情绪早已涨满，这样，一个爪尖儿点地造型亮给舞者看，亮给周围的蒿草树木看，之后，五只小兔子进入角色。伸展腰肢，舞动双臂，大跳，小跳，旋转；再大跳小跳旋转，不断地大跳小跳旋转……月光在脚下飞溅，周围的蒿草树木在轻轻摇曳，夜行鸟的叫声挂在空中……

"好啊！"站在蒿草人身旁，舞者为它的孩子们大声叫好，"跳得好！"

五只小兔子跳着，尽情地跳着。它们以野兔特有的舞蹈让舞者陶醉，让身边所有的一切陶醉，让沙原陶醉……让远在天空的月亮也陶醉……

"好啊！跳得好！"舞者一次又一次为孩子叫好。

因为这五只小兔子，那片麦田变得更加美丽富有，也变得更加热烈生动。

22

所有的一切似乎都要重新开始。

为了舞者，为了所有的野兔，也为了二拐子，孩子再次赶回沙原。不知道他用了什么办法，让二拐子想起了十八岁时的名字。他痛哭流涕，直到劈碎他的"宝撸"。

舞者经常去麦田看望蒿草人；那五只小兔子则在舞者的周围跑来跑去。

而小伙伴呢？伙伴呢？老人却怎么也无法忘记。怎么办呢？老人就把它俩深藏心底。

当老人彻底走出悲伤的时候，麦穗已经快要泛黄。

提着镰刀，老人坐在麦田里等着收割。

此时，麦田里的黄蒿、珍珠蒿、差巴嘎蒿、稗草、旱芦苇……却是一派浓绿，一朵朵野花也开得正艳。所以，此时麦田的色彩十分丰富响亮。

今年，麦子好得超出想象。

老人的想法是，今年要让麦秸垛尽可能地再多一些，再高大一些。这不仅是为黑耳朵，更主要的是为黑耳朵的那五个孩子。因此，麦田里的麦穗、麦秆不能动，麦田里的蒿草也不能动，麦田里的野花更是不能动。只等麦子彻底褪青泛黄，而那时的蒿草依然绿着，野花也开得正艳……把它们一起割下再一起垛好，垛成一座座麦秸垛。用它们围起来的麦田当然是异样温暖宁静，别有洞天。风雪天，黑耳朵会带着五个孩子常来这里，而且，它还会带着很多很多野兔常来这里。有麦秸垛围着的麦田与麦秸垛外面的原野是两个世界。在这里，黑耳朵它们可以得到更多的麦穗；扒开麦秸垛，可以看到的还有翠绿的黄蒿、珍珠蒿、差巴嘎蒿、稗草、旱芦苇……还可以欣赏风干的野花。

冬天里，沙原上的风大，雪更大。然而，那又算得了什么呢？有那些高大的麦秸垛围在四周遮挡风雪；同时，麦茬和蒿草茬、野花茬也会尽职尽责。它们共同努力钻出积雪，麦田会因此而依然泛着温暖的橘黄，宛如谁刚刚铺上去的一片阳光。不用说，那是老人和孩子给舞者以及它的五个孩子准备的舞池。脚下是一片阳光，头顶是纯净的天空，四周有取之不尽的美食；而且，蒿草人在日夜守护着，有这样的舞池存在，再大的风雪也不用谁为舞者它们担心了。

就这样，坐在麦田里，老人想象着麦田里的冬天，似乎再次听到孩子朝他走来的脚步声。

而事实是，孩子远在省城上课；在不远的坨子上，那五只小兔子跟随舞者正急切地朝麦田跑来。